爛人情歌

Serenade of A Bastard

梁東屏·著

目錄

左圖攝於巴黎奧賽美術館

代序／

關於「爛人情歌」

Restless Farewell

「你真是個爛人！」

一九九六年間，由於有點意外地準備認真再談次戀愛，就跟新交的女友「自首」還有位來不及斷掉的女友，希望她給我點時間處理，結果卻引起她一臉怒意對我吐出前面這麼句話。

當年沒搭腔，後來也分手了……

很多年前，就動了念頭想寫「爛人（當然是我）情歌」，目的很單純，一是藉著書寫整理自己經歷過的感情故事，追悼一下。

再則就是要戳破「愛情」這個神話。

根據我自己時間不算短數量不算少的男女經驗，交往過的女人也形形色色，這些故事應該也有點「普世價值」吧。

我的結論就是面對現實一點，別在那邊風花雪月自欺欺人，這世界幾乎沒那種小說中描寫的死生不渝愛情，生命裡絕大多數真實存在的是偷情、出牆、欺騙、背叛、硬拗、狠掰……，一整個的爛帳。

多年前在新加坡有位女友，先生是成功的商人（所以她那時當然也是偷情的現行犯）。有回聊到她難道不怕經常出差的丈夫偷吃？（我的經驗，這種情況接近百分之百）。她說，「他沒這個膽子。」我說，「如果有天妳發現他有，不要意外就好了。」

她後來鬧離婚搬出去住，有次回家拿東西，事後酸溜溜地跟我說，「XX要結婚了，那個女人穿的高跟鞋，一看就知道是作『那種』的。」那時，她和前老公的離婚手續還沒辦完呢。

又有次，好不容易聯絡到的初戀情人提起她那位我也熟識，從小就是資優生，一路建中、交大到德國讀到雙博士的乖寶寶弟弟，有很好的工作、美滿的家庭，結果有次出差迷路，不得不投宿路邊旅館，就和同行的女同事發生了關係，搞得雞飛狗跳，全家人都急瘋了，「怎麼可能？怎麼可能？那麼顧家的男人，從來沒傳過什麼緋聞，那個女人也不怎麼樣，現在居然為了她要鬧離婚。」

我跟她說，「就是因為從來沒鬧過緋聞，他才會。」

很多年前，報社裡一位老實得不得了的同事意外喪生，結果她的妻子到辦公室幫他整理遺物，卻赫然發現他原來早已另外有人。

關於這種事情，台灣最有趣，大家可以仔細想想，幾乎每位有名或沒名的所謂「兩性專家」、「婚姻顧問」，自己的婚姻都出了問題。台灣許多中年以上的婦人都學佛，其中有相當部分是因為先生出軌或者懷疑先生出軌才往宗教裡尋求解脫。不信的話就去調查看看，保證結果讓你下巴掉下。

我自己離婚十八年來交往過的女人，幾乎都是有夫之婦，而且好幾位還是眾所公認的「賢妻良母」。認識的男人更鮮有沒偷過腥。

有次一位老情人到曼谷來看我，觸及這方面話題，當時正好有位共同的朋友，大家認知裡忠厚、老實，怕太太的顧家男人也來曼谷，她就問，「XXX該不會也這樣吧？」我沒答腔，她就懂了。

所以那些小說裡的愛情，就是因為不存在、求之不可得，才被美化成那種只應天上有的烏托邦。

民國人物裡有大才子胡適跟村婦般的江冬秀廝守一生的美談。胡適，沒出過軌或沒動過出軌的念頭嗎？

有興趣的話，不妨去查查、考證一下，結果也可能讓你下巴掉下來。其實，我倒覺得在白宮裡就脫了褲子亂搞的美國前總統柯林頓以及前前前……總統甘迺迪還真他奶奶的正常。

我是記者出身，只會寫事實，不會編故事，所以《爛人情歌》裡都是真實發生在我身上的事，既然都是真事，當然就有當事人。我既然要寫，行不改名、坐不改姓，裡面那個背叛人、被人背叛、愛腥偷吃、老婆出牆、戲朋友妻乃至於跟妓女談戀愛的超級大爛人，就是我，梁東屏。

至於除了我以外的當事人，我都會盡量隱諱其人，只不過熟識的朋友當然可能知道是什麼人甚至怎麼回事，這我沒辦法，但是放心，諸位也大可矢口否認，我絕對配合幫忙否認到底。

不過現在網路上有很多吃飽飯沒事幹又自以為是的人，常常會擺出一副衛道嘴臉，說什麼「揭人隱私」啊、「傷害人」啊之類的高道德屁話。

你們就省省吧。

我是大約在二〇〇五年接受「中時電子報」邀約開的部落格，開了不久之後就把「迴響欄」關了。

為什麼？因為有太多豬腦袋跟邏輯不通的「評論員」，我不想讓他們在我家玩，在我的園地裡迴響那些垃圾。

部落格於我，是個整理我自己東西的料理台。不錯，我無法阻止人家進來瞧瞧，但麻煩你，看看就好，不管喜歡不喜歡，看完請走，不要廢話。《爛人情歌》涉及隱私，當然多少會傷到人，被傷到的人如果不爽，自然會找我算帳，不相干的人，就請到一邊去喘。

這本爛人寫的爛書，就當作是我跟所有交往過的女人，所有經過的事情，一個略帶不安的告別吧。

這本書的英文書名是我女兒起的，叫作 Serenade of A Bastard。Mmm... Bastard，我喜歡，真是知父莫若女啊。

〈Restless Farewell〉——Bob Dylan

http://www.youtube.com/watch?v=HqfyPGdiGG4

請輸入位址或辨識QRcode，即可觀賞聆聽作者自彈自唱此曲（以下均同）。

左圖攝於曼谷天鐵 Ratchdamri 站

迷人的酒窩

恰似妳的溫柔

電話那頭愉悅的女聲說，「你知道我是誰嗎？」的時候，為什麼我馬上就答出「秀臻」？是我至今也沒想通的事。

整整三十五年沒有任何音訊，中間過盡千帆，再怎麼猜，也不應該猜到是她，竟然就這樣毫不猶疑脫口而出。難道真有心電感應這種事？

秀臻，那個穿著景美女中制服，潔白細潤，溫柔、深情又明亮的眼睛，笑起來有迷人酒窩並且露出一點俏皮舌尖的初戀情人，就這樣不可置信地突然出現了。

而且很浪漫。

彼時她因先生出軌而賭氣出走離開台灣，一人住在美國奧克拉荷馬州一個叫作艾德蒙的小鎮，先生定時寄生活費及其他有的沒的。中秋節前，收到一盒懺悔月餅，卻很沒情調地用《中國時報》包著。

她的那個小鎮，哪有中文報紙？因此一直不讀報的她，就可有可無的翻閱一下，而我的名字竟赫然出現在她眼前。秀臻，這麼多年魂縈夢繫又苦尋無著的秀臻，就從報社查出了我的電話。

而我，為什麼一下就猜到是她呢？我真的想不通。

先說說她先生出軌的事。

秀臻其實並未真正結婚，她「嫁」給先生時，對方已有妻室，所以她一直是「小」的。

先生事業做得頗大，因此她長久以來就是美國、台灣兩頭住。有次回台，和一幫富太太聚會後，發現停在路邊的車子遭人擦撞，於是就掛電話給先生問該怎麼辦？

先生說通知管家處理就好，秀臻隨口問，「你在哪？」先生答稱正在開會，兩人就互道掰掰。好死不死，秀臻這頭慢了幾秒收線，竟然聽見先生在跟一個女人談話，原來他並不在開會，而是在一間按摩院裡，兩人的談話甚為私密，顯見關係非比尋常。

秀臻說她當時「偷聽」了將近一小時，氣得七孔生煙，結果一怒之下就跑到美國。先生那邊則否認到底，只承認確實在按摩，絕無任何不可告人的事，還說「我的朋友如果知道妳是因為這樣而跑去美國，會笑死。」

然而秀臻是那種外表柔弱卻內心剛強的女人。我很瞭解，我十六歲時就知道。

民國三十八年國民黨軍潰敗之際，我的父親是年輕的海軍軍官，受友人之託弄到兩個船位，讓那時還是未婚夫妻、秀臻的父母得以從青島上船逃到台灣。有這層關係，兩家大人很自然地變成世交。

我在高中二年級時為躲避退學從高雄中學轉到台北師大附中，第一次跟父親到了他們家位於天母那棟有很大院子的日式房子，院裡停著幾輛鄭伯伯進口銷售的德國重型機車，一隻健壯的狼犬在鐵籠裡惡狠狠地對著我們狂吠。

那時和父親住在圓山的海軍招待所，二樓一大間屋子裡擺滿了單人床，雖然是跟群陌生人睡在一起，第一次「進城」的我還是很興奮，對什麼都感到新奇，早上端著臉盆、搪瓷漱口杯擠在一群面無表情叔叔、伯伯中就著水龍頭盥洗，頗有種已是「大人」的感覺，也還記得早餐在騎樓首嘗蛋煎餅的滋味。直到現在，每次經過那邊都還會想起。

去之前我就知道他們家有十二個孩子，就算在那個年頭，這也不平常。

十二個孩子，男孩俊秀，女孩美麗。可是我一眼就看到秀臻，就喜歡她。

秀臻皮膚淨白，幾尺之外就可聞到她身上透出的一股香皂清香味，那真是全世界最好聞的香水，清香、純淨。

但真正有機會對她動情，大約是半年之後的事。

當時已退伍和鄭伯伯合作家具工廠的父親決定去跑船，留我一人住在三重市公寓改裝的工廠裡。有回端午節放半天假，我從大安區學校騎車一路淋雨回住處，當天就發起高燒，臥病在床。

鄭媽媽聽說之後就熬了稀飯，每天由秀臻下課後送來給我。其實我們都很害羞，彼此也沒什麼交談，常常是我吃完之後，她就默默地收拾。她來時也都還穿著制服，走的時候淺笑著說「我走了」。

我就喜歡看她那害羞的酒窩。

大約過了一星期，我一直高燒不退。鄭媽媽急了，趕緊接我到她家，帶我去看醫生，才發現感冒病毒已經侵入脊椎，醫生說，「再晚來一步就糟糕了，可能會下半身癱瘓。」

所以鄭媽媽就暫時留我住在家裡養病，我也才開始有機會和秀臻就近接觸，開始交談。常常是她在幫忙炒菜時，我坐在廚房旁的階梯上跟她聊。她炒好了菜，總會笑吟吟先拿一些給我嘗。

很快地，鄭媽媽發現我和秀臻過於親近，而且我身體也差不多復原了，就聯絡父親走時幫我安排的監護人朱伯伯，讓我搬到師大的職員宿舍，和幫忙朱伯伯經營農場的一位老兵擠在間小房裡。我和秀臻就這樣被拆開，她家裡也把她看得很緊，暫時無法再聯繫。

其實我深深知道，整個鄭家只有秀臻不排斥我，其他人都當我是不長進的小太保。秀臻比我大三歲，也許，她的一些母性成分讓她想照顧隻身在外的我吧。

鄭伯伯一家都是虔誠的基督徒，我住在那兒時就經常被「押解」去聚會所，那真是如坐針氈。有次還真的被推拉進受浸池，可是那位負責幫我受浸的弟兄硬是沒法把我的頭壓進水裡，最後只好放棄。

所以，我在鄭家人心目中是屬於「冥頑不靈」那一國。

而我知道，只有秀臻不那樣想。

鄭媽媽並沒放棄讓我「得救」的想法。不久之後，教會在文化大學校區辦了個「靈修會」，她也幫我跟她們家的孩子報了名，必須上山住三天。

那三天，我和秀臻幾乎都是吃完早餐、作完晨禱就溜了，牽著手在校區附近的範圍裡爬山、散步、談天。我愈來愈喜歡她。

最後一天晚上，我們躺在文大後面陳查某墓園的草地斜坡上看台北夜景，然後，我吻了她。那是我們的初吻，伴著星星、月亮，還有山下的燈火。

下山之後有很長一段時間我們無法見面，因為鄭家小孩回去報告，說是「東屏跟阿臻每天都不知跑到哪裡去？」

我只好趁放學時到景美女中去堵她。

我們常常就在附近有火車卡座的冰果室內談情，看看時間再各自回家。週末的時候，秀臻會騙家人到同學家作功課，穿著制服，書包裡藏著便服到同學家換，然後在約定的地方見面，一起看電影、逛街。

這段不被祝福的戀情持續了一年吧，到我上成功嶺後劃上休止符。

我當時在沒人相信的情況下考上中國醫藥學院。

很少上課也從不念書，只有在考前真正苦讀三個月的我，自認如果捲土重來一定可以考得更好，所以違逆了所有人的願望而棄讀，回到高雄進入補習班。

實則我那時是重新回到我去台北以前所熟悉的歲月、所熟悉的人群裡，那是一種不被大多數人所接受，卻是少年人嚮往的漂泊生活方式。而這個生活方式終於讓我付出了代價，成為我一生的夢魘。

第二年的重考，我實際上只有一個月可以準備，結果考到中國文化學院園藝系，再回到台北，然後，和秀臻重逢。

然而，秀臻不知道的是，分離的這一年，我經過的事情，已經讓我離開她很遠、很遠。她還是當年的她，而我已不是當年的我，相處起來，竟然有隔閡出現。

有次，我跟和秀臻同校的妹妹說，「妳們下次出去玩的時候，也邀秀臻去吧，讓她有認識其他男孩的機會。」

哪裡知道，我妹妹竟直接跟她說，「哥哥要妳去交別的男朋友。」

我不知道是否真因這句話刺傷了她，從此她再也沒上山來看我，而我，到了新鮮的環境，有了新的朋友，竟然也未覺秀臻的離去是應該追悔的事。

就這樣，初戀結束了。

然後，我的情史一直加長，長到甚至被其中一人稱為「爛人」。在過程裡，有我流淚的時候，也有其他人流淚的時候，但一直無止無盡無法結束。

每次有什麼的時候，我就想起清純的秀臻。這麼長的一段時間，我曾設法打聽她的下落，但是由於她家人對我的印象，刻意不讓我知道任何有關她的訊息，所以一直不得要領，只約略聽說她嫁給富商，過得很好。

就這樣三十餘年兩茫茫，直到那通電話來。我們接下來連通了三天的電話，而我愈瞭解彼此的近況，卻愈覺得當初分手是對的。

其實，我們一直是兩個世界的人，而且是分得很開的兩個世界，只是在彼此的生命歷程裡，偶而很美麗地交會了一下，留下值得回味的印記。

二〇〇五年，我和女兒以芃、兒子以中在美國作公路旅行，經過奧克拉荷馬時特別繞道去見了秀臻，她還是那麼美麗，皮膚還是那麼細白，臉上也不見皺紋，連酒窩都跟當年一樣，笑的時候，仍然讓我迷醉。而我，早已風霜滿面。

隔了一年，我和以芃、以中作年度公路旅行時又經過奧克拉荷馬，以芃突然想起來，「要不要去看看阿姨？」

我說，「我忘了帶她的電話，下次吧。」

其實，她的電話號碼在我隨身電話簿裡。

〈恰似妳的溫柔〉——蔡琴

http://www.youtube.com/watch?v=uD6xCI7iX64

左圖攝於曼谷沙拉甸天鐵站

破碎的窗

Only Love Can Break Your Heart

那年我大二，剛剛從園藝系轉到新聞系，轉系的原因很簡單，學期末農場實習課所種的大頭茶花樹苗，全班只有我的沒發芽。

轉新聞系的原因也不複雜。

那是當年文化學院最紅、極少數需要通過考試才能轉的系，而我什麼都不行，就只有國文、英文還可以，別人考大學考六科，我只考三科，數學、化學、生物全部放棄，只靠坐在考堂裡想盡辦法偷看別人，分數全是零頭，最終是靠國文、英文、三民主義三科分數擠進最後志願。

我是大二轉的，屬二字輩，同學都叫我「梁二」，跟那個年代頗紅、擠眉弄眼搞笑的諧星「梁二」同姓同名。但是我不在乎，因為何雯叫梁二的時候，我知道她絕不是叫那個梁二。

何雯是戲劇系學生，身材高䠷，皮膚白皙，鼻梁高挺秀氣，眼睛黑白分明，嘴唇豐厚特別性感，笑起來眉眼之間頗有些媚態。

最初是怎麼認識，我已不復記憶，只記得有天同學跟我說，「何雯要我來問你，可不可以教她英文。」

可以跟美女親近，我當然不拒絕，而且我直覺上認為何雯的「學英文」，應該是藉口。

就這樣，幾乎是每天中午，何雯都到我住的地方來「學英文」。我們「真正」上課，恐怕沒超過一個星期，而且多數的時候，都在談文學以及完全不懂卻要裝懂的哲學。

那時的大學生，宿舍裡牆上最常見的「標語」就是「我思故我在」。談起話來，沒事就要露一露什麼尼采、卡夫卡、叔本華、存在主義……，否則就遜。何雯也頗好此道。

我和何雯就這樣談起了戀愛，英文當然也就「停課」了。

她的個子幾乎跟我一般高，女孩子又特別顯高，為了「配上她」，我還特意去買了雙兩吋半的高跟皮鞋，更為了把鞋跟藏起來而換穿喇叭褲。

最離譜的是，有次她說，「我們有輛摩托車就好了。」我居然跟家裡死纏爛打硬是要錢買了輛光陽一百機車，成為當時很少數的有車階級學生。

可是我的「有車」其實超出我的甚至我家的經濟能力，所以我必須在學校餐廳打工來養車。

不知是否我多心，雖然我從未問，她也從未說，但我總覺得何雯有些介意我那「端盤子」的工作，她幾乎從未在我上工的時候來過餐廳。

何雯的家很有錢。有次假期我去台中，她帶我逛夜市，吃飽後散步的時候，只見她東指指、西點點，「那是我爸爸蓋的，那也是……」我從小生長在眷村，對錢沒什麼概念，甚至還有「有錢有什麼了不起」士大夫輕商觀念，所以那時聽她那樣說，並沒覺得什麼特別。

真正讓我感受在這方面跟她有些距離，是有次何雯的媽媽上陽明山來看寶貝女兒，何雯刻意要我去見她媽。我也特意「打扮」了一下，天氣有點涼，我穿了件自以為帥氣的風衣，領子還像電影《午後七點零七分》中的殺手亞蘭德倫很「酷」地豎起來。

我真的不記得何雯那次有否把我正式介紹給她媽，只記得十分貴氣的何雯的媽毫無表情瞥了我一眼之後，就把我當成空氣了。

我當時並未覺得什麼，和何雯的感情也未受到影響。

何雯是我第一個有親密關係的女友，但她已經不是處女。她跟我說是有次騎腳踏車，不小心把處女膜弄破了。我當然從來沒信過。

不過我和她之間，也像所有的「幼稚的愛」，日夜相處之下，不免有時會有摩擦而鬧得不愉快，甚至也鬧過分手，但是每次吵鬧後，多半很快又和好，戀愛就這樣歡樂、痛苦夾纏跌跌撞撞地談。

那年暑假，我和同班好友阿忠在關渡一家玻璃瓶廠找到工作，興致勃勃地在淡水河邊一家民宅租了間房，房間十分簡陋，可是我很喜歡，想到每天下班後可以坐在夕陽映照的小陽台上垂釣，就滿心歡喜。

結果何雯卻說她暑假也不想回家，要跟我們一起住關渡。

我勸她不要，因為我跟阿忠每天要上工，不可能陪她，那座民宅附近什麼都沒有，生活機能很差，連吃個自助餐，都要走頗長一段距離，「到時，妳會無聊死，還是回台中度假吧。」

可是她不聽，執意要跟我們一起下山住，「你們去上班，我可以讀書啊。」

我知道那樣的日子她絕對撐不下去，可是怎麼勸，她就是不聽，我心一軟，也只好答應。

果然，「好日子」還過不到三天，何雯就開始東抱怨、西抱怨，鬧著要回山上。問題是，她要我陪她一起回去住，然後每天騎摩托車從陽明山到關渡上工。

本來就料到的事一旦發生，我確實覺得相當惱火。要我每天花至少兩個小時通勤，雖然不願意，也還勉強能夠忍受，但是我自少年時就是朋友至上，要我把阿忠一個人丟在關渡，這，我做不出來。所以就拒絕她。

結果何雯每天鬧，兩人愈吵愈凶，終於有一天，吵得天翻地覆時她哭喊著，「誰希罕你這個窮光蛋」。我一火，喪失了理智，翻手就給了她一巴掌。

我還記得何雯摀著臉蹲在地上，一直哭喊「我耳朵聽不見了，我耳朵聽不見了。」我又慌張、又傷心、又懊惱，她從小就是家裡掌上明珠，我憑什麼打她？但是我從來口拙，自小生氣的反應就是動手，而且很多時候言語的惡毒，真能讓人失去理智。

總之，當天我就送何雯回山上，試了幾天通勤，真是太辛苦，還好何雯沒兩天就決定回台中，我又住回關渡，靠著通信與何雯聯絡。

那段時間，每逢週末就回山上，跟留在那裡的同學打麻將。

一天晚上打到半場我已輸得精光，想起一位美術系的張姓牌友也住附近，就請王姓同學代打，我則冒著雨去借錢。

這位張姓同學的父親是有名的畫家，家境很好，身高一百八十公分，人也俊美，是標準帥哥，我們時有往來，偶而也一起打麻將，所以何雯跟他也熟。

當晚到了張姓同學住處急急敲門，房門開處，作夢也想不到的，竟是何雯站在那兒，我一直以為還在台中的何雯。我當場呆住，她也呆了。

我腦中完全是一片空白，整個心像被隻手揪著一直往下沉、一直往下沉、一直往下沉……好像無底一樣地往下沉。

我一句話都無法說，心裡卻在狂喊，「怎麼會這樣？怎麼會這樣？怎麼會這樣呢？」一轉身，揮拳把身後的玻璃窗乒拎乓啷打碎了一地，手上割破好幾道口，血汩汩流出，她也慌了，趕緊把我拉進房裡，一邊流淚，一邊用簡單的藥物幫我處理傷口。

我還是說不出一句話來，何雯也不說話，只是流淚。

不一會兒，張姓同學回來了，看到我自是嚇了一跳，我請他到房外談話，他以為是當年小太保那種看不順眼就「到外面談一談」的狀況，有些猶疑，我跟他說，「不會有事」，他才跟我出去。

其實我也不知該說什麼，卻說了後來回想起來覺得很可笑又無聊的話。

我跟他說「何雯什麼都給了我……等等等等」，顯然是想盡最後努力作其實已經無望的挽回，用的邏輯卻是很愚蠢的、想要讓他覺得他得到的也不過就是我已經得到過的。

這個策略當然不可能挽回什麼，張姓同學一直說，「我知道，我知道。」我也接不下話，只好離去。

外頭雨勢更強、風勢更大。我一個人傷心欲絕在那個暗夜中無人的風雨小徑疾走，這個畫面，一直留在我的記憶深處，至今回想起，都還瀰漫著陰暗、孤單、悲絕。

回到朋友住處，他們還正玩得高興，我一言未發走進房裡躺下，任由血從手腕一滴、一滴，滴落在地面，腦中想的是，「就這樣流光也無所謂吧」。我把眼睛閉起，心情卻出奇的平靜。

後來，代打的王姓同學大概是一直叫我不應，推門進來。他後來說，「馬的，嚇死我了，地上都是血。」

他問我怎麼回事，我跟他說，「何雯在張XX的房間裡」。他只怒罵了一聲，「他X的」，轉身就衝出去。

王姓同學是烈士遺族，從小在孤兒院長大，脾氣很古怪、暴烈，全班同學，只有我跟他能相處，有段時間還住在同一間房。

他是甘肅人，一臉大鬍子，全身是毛，我還記得有次他跟我借電動刮鬍刀，結果那個刮鬍刀一貼上他的臉，竟然因為鬍子太密而轉不動，停了，我們兩個都笑翻了。

他一衝出去，我知道要出事，趕緊又翻下床跟著衝出去。果然，到了張姓同學的住處，王同學已經在那邊「砰，砰，砰」踹門，口裡怒吼，「他X的，你們兩個狗男女給我出來。」

何雯他們當然不敢開門，我就一個勁死拉活拖，要王同學算了。能怎麼呢？打一頓嗎？又怎樣？自己的女朋友上了別人的床，又沒人強迫她。不甘心，也得甘心。

我真不知道那個漫漫長夜是怎麼度過的。自己最親愛的情人，就在不遠處，別人的床上。

再開學時，我就搬離了有太多記憶、再也住不下去的山仔后，在前山公園附近找了個喜歡的房子住下，住處門口有個公路局車站，沒事時我就坐在車站前的矮石牆上，幻想著車門開處，何雯笑盈盈走下來。

這個幻想從未實現，幾乎每天都要經歷一次盼望、失望，我也長達一年沒見到何雯，只間接聽說她搬下山和張同學住在士林。

後來，戲劇系有個導演課程，排一齣戲讓學生實習導戲，除了本科學生外，也找外系學生演出，我被邀請演其中一位主角，在長達兩個月的排戲過程裡，我一直懷著能見到何雯的希望，但是沒有，感覺上她是刻意迴避。

彩排及最後公演的時候，幫我化妝的是何雯的好朋友，我也很努力忍住不問有關何雯的近況，但心裡其實很渴望知道。

那場演出非常成功，滿場觀眾掌聲久久不絕，謝幕時我一直企圖搜尋何雯是否也在觀眾之中，但是沒看到，心裡頗失望。

後來回到後台卸完妝，我一推門出去就看到何雯，那樣熟悉的身形，那樣熟悉的微笑。她說了一聲，「嗨」。

我當時完全清楚她是特別來等我的，然而經歷了這麼長時間的傷心，從來沒有一刻放棄跟她復合的希望，苦等了一年的我，竟然一點風度都沒有地轉頭就走了。

更讓我自己覺得詫異的是，我在那一刻好像終於徹底解放，心情輕鬆無比，也在那一刻，徹底把她放下了。

我後來想，覺得自己很壞、很無情，我一直等的，其實是某種報復，是她那次從微笑轉為尷尬、錯愕的一瞬。

何雯是我初戀之後的第一位情人，也是第一位有親密關係的情人，而那次的受傷，使得日後漫長感情路上的風風雨雨，都不算什麼了。

一直到現在，我偶而都還會去找尋手上那些其實已隨三十多年的歲月淡去，幾乎已不可復見的疤痕。

十五年前，我陪當時的女友到天母教課，坐在咖啡店裡等她的時候，有個很熟悉的身影從我身邊走過，我下意識就對著背影叫了聲，「何雯？」

果然是她，我們聊了一下，不一會兒，她的先生跟孩子來了，他們就一道離去。她先生眼裡有些狐疑，我想是因為何雯並沒有為我們介紹彼此。

何雯過得很好，她先生也是作營造的，一家住在天母的高級住宅區。

後來有次何雯掛電話給我，向我探聽台灣的政治前景，「因為我兒子剛畢業，又不想去上班，我們想買間旅館給他經營，就怕政治情況轉壞。」

我那時就想，何雯的媽媽畢竟是有見識的人，當年一眼就看穿我這輩子不會有多大出息。

〈Only Love Can Break Your Heart〉——Neil Young

http://www.youtube.com/watch?v=fU3XYfnd32A

左圖攝於巴黎奧賽美術館

第一次的背叛

明日天涯

一九七一年夏天，好不容易從第一次情傷中復原，終於有勇氣搬回滿是記憶的陽明山山仔后，租了間簡單的學生房，經常在旁邊的小店打發三餐。

小店左邊的小路通往華岡中學。

這間學校是有名的太保、太妹學校，學生也經常在小店吃東西、瞎混。我跟文琪就在那裡初識。

她們一夥三個死黨，竹竹和王英都是悍將，談吐、動作江湖氣十足，我親眼看過她們滿嘴「X你媽」跟別人幹架。

文琪則是最不「太妹」的一個。她皮膚白皙、眼睛水靈、身型略微圓潤，一張娃娃臉，笑起來小巧的鼻翼皺起俏皮的淺紋，嘴角上揚唇線很美，潔白的貝齒，非常陽光，非常可愛，非常像洋娃娃。

我在那邊碰過她們好多次，雖然從未搭話，但竟也漸漸熟了似的，有時目光交會時微笑一下，點個頭打招呼。

有天下午三缺一，我和阿國、昭麟正在小店坐著發愁，文琪她們忽地進到店裡，衝著我「嗨」了一聲，就坐到另一張桌子，三個丫頭低聲淺笑，眼光不時飄過來。

阿國對我擠了擠眼，「梁二啊，你認識她們呀？找來湊一腳吧。」

「你去問。」

阿國就去了。

她們一天到晚逃課，我們也一天到晚逃課，從那天開始，就成了固定的牌搭子，但文琪幾乎從不上桌，只是坐在一旁看，間或幫大家跑跑腿，買些吃的，遞菸，遞水，她也從來不像別人滿嘴髒話。我就開始喜歡她了。

三個小女生都是通勤，有時玩得太晚，就在我的租處留宿，相處的時間愈來愈多，我和文琪也慢慢發展出親密關係。說是小女生，其實文琪跟我也只差四歲而已，只不過她們穿著高中制服，當然就顯小。

我們在山仔后一直是「一王三后」，到哪裡都一起行動，但是大家也都知道我和文琪是一對。我們4P還經常同床共眠，但大家的分際都很清楚。

有天，文琪跟我說她有位朋友要上山，希望介紹給我認識。我們在山仔后公路車站前的「統一餐廳」碰面。很俊秀的小伙子，談吐有禮，衣著整潔，看得出來是出身很好的家庭。

我們泛泛地聊了一下，文琪就跟他走到外邊，我隔著餐廳的玻璃窗遠遠望著，不知他們在說些什麼。

不一會兒，小伙子轉身走了。文琪回座時眼淚一直流。她跟我說，那是她的男朋友，兩人在一起兩年多了，她跟他說交了新的男友，不想騙他，對方堅持要來見見我，「他說他放心了，祝福我們有好的未來。」

我們就這樣開始正式在一起，成為男女朋友。

不久之後，我搬下山住進爸爸在石牌買的房子，文琪因為要上山上課，反而不像以前一樣日夜相處，不過她家就住在芝山岩，所以我們見面仍很頻繁，多數是一起吃飯、逛街、看電影、做愛。

有天晚上，我約她在士林見面，逛夜市，她突然說，「到我家坐坐吧？」我去了。

她家很小，很簡陋，有些雜亂，幾乎就只有容身之地。因為文琪平時穿著很清麗大方，人也一向收拾得乾乾淨淨，一時之間，甚至有些錯亂的感覺，無法把她的人跟居家的侷促、蔽陋聯繫起來。

我和文琪的父親坐在客廳兼飯廳堆滿雜物的桌邊聊了一下，他問了我以及家庭的大致狀況，略顯乾瘦、風霜滿面的他就拎著手電筒出門了。文琪有些不安地告訴我，她父親的工作是社區裡的守夜人。

文琪的父親出門之後，我和她在她那窄小的床上做愛。事後，她躺在我身邊輕聲但很滿足地說，「我終於也敢把男朋友帶回家了。」我不是很確定，但似乎在黑暗中看到盈盈淚光。文琪的爸爸顯然是認可我的。

但我爸爸不是。

我爸爸知道文琪的父親是守夜人之後，板著一張臉對我說，「你找女朋友，至少應該門當戶對啊。」

我沒答腔。我們這種「憤青」，愛情最大，不計較對方貧窮，攜手一起努力打拚開創天下，踏平人生坎坷路，才是最堅貞、感天動地的愛情。不是嗎？

我還是繼續與文琪交往，但從來沒帶她跟父親見過面。

我們從未吵過架，在一起總是快快樂樂，也都是沒自己經濟基礎的學生，逛逛街、吃吃路邊攤、看場電影，就很滿足了。

然而不久之後，我發現自己漸漸開始有點嫌她，開始不希望見面太頻繁。

說不準究竟為了什麼？文琪不是個喜歡念書的女孩，否則也不會去讀華岡中學，而我自詡是個文藝青年，那時的文科大學生都是什麼尼采、叔本華、存在主義……自以為哲學地高來高去，而我和文琪在一起，除了吃吃喝喝、做愛之外，就沒有什麼共同的愛好、共同的語言。然而吃、喝、做愛，是男女之間最容易膩的事。

我曾經試圖要她讀些我的藏書，但她完全沒興趣。她喜歡流行音樂，對我認為「有水準」的搖滾樂，也一點都提不起勁。

我搬下山住之後，由於有自己的場地，常常在家裡辦家庭舞會，起初自然都邀文琪參加，但是她和我的朋友聊不到一處，恐怕也有點自卑吧，總是扭扭捏捏，很不自在。

我看到大家都玩得高興，她一人卻落落寡歡，慢慢就有點意興闌珊，有次開舞會沒通知她，倒覺得輕鬆愉快，就開了不找她的先例。

我那時並沒有別的女友，開舞會時我主要負責放音樂，也很少自己下場跳，但是有文琪在旁，她又顯得不快樂，反而讓我有壓力。

就這樣，我們開始慢慢疏遠，從一個星期見幾次，到一個星期見一次，到兩個星期見一次……。我想，她當然有所感覺。

但是她那天突然出現，還是嚇了我一跳。

我那天坐在中山北路、長春路交口的「哥倫比亞商業推廣中心」靠窗的位置，等新交的女友下班。文琪的臉突然出現在窗外，幾乎是貼著窗，擠出一個很勉強、很悲傷的笑容，然後轉身就跑了。

我衝出去追上她，拉住她的手。她看著我，全身顫抖，嘴唇也在抖，她沒說話，我也沒說話。我不知道該說什麼，那種滋味，我嘗過，但我也知道，不論是她或我，再說什麼也都是枉然。

她當然也明白，所以一年多前才讓她的男友上陽明山見我。

然後，就在她的嘴角開始下撇要哭之前，她使勁扭頭轉身走了。我站在那裡看她漸漸走遠，並不想再有什麼舉動，然後掉頭回去，繼續等我的新女友下班。

這是我第一次的背叛，以後很多、很多次的第一次。

一直到十多年以後，有次回台述職，逛街時在忠孝東路巧遇竹竹，我向她探問文琪，知道她已經結婚，和先生經營一個小餐廳，過得頗為辛苦。

我見過她的先生。和文琪在一起時，有個住在基隆的男生，常常騎腳踏車專程到芝山岩，給文琪送來一些吃的、喝的或小禮物，很篤實、有禮的一個人。文琪那時還很嚴肅地對我說，「你不要想太多喔，我跟他真的沒什麼，他就像我大哥一樣。」

我很高興聽到文琪是嫁給他。

竹竹幫我約了文琪在西門町一家餐廳碰面。她那時也已是三十多歲的婦人了，眼角魚尾紋已現，眼眶下略有黑圈，還是那樣靦腆可愛。她說生活雖然不很寬裕，但先生對她很好。

她說，「你呢？」

我說生活還過得去，但婚姻不是很好。

文琪看著我微笑的時候，鼻翼旁又浮起了那令我難忘的笑紋。

〈明日天涯〉——青山

http://www.youtube.com/watch?v=8qqi6gLhtMk

左圖攝於曼谷 Emporium 購物中心

離別的星夜

夜空

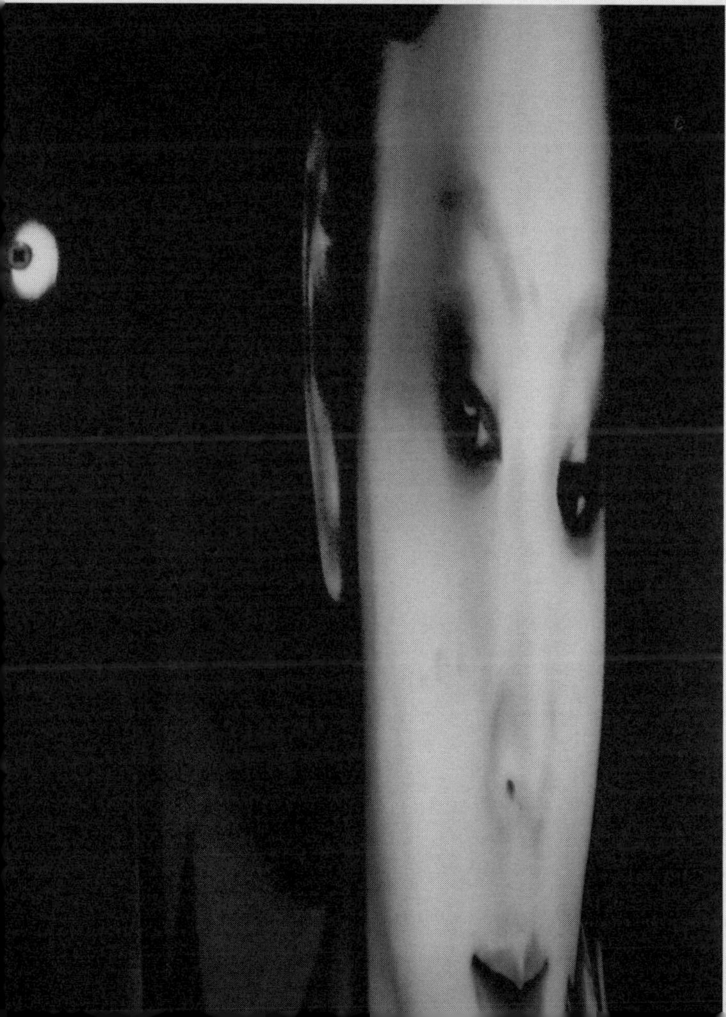

在我的「爛人」生涯中，車站，有很難磨滅的往事。她那時是非常、非常青春、陽光、可愛、漂亮的女孩。

來自馬來西亞砂嶗越，身材苗條，笑容燦爛。可能是來自熱帶的關係吧，將近四十年前，她就在台北街頭穿著短得不能再短的熱褲，綳著圓而翹的臀部，一件露臍小背心，從來不戴胸罩，恤衫上激突著引人遐思的兩點。

那種裝扮，在那個年代真是有點驚世駭俗，但真好看，我沒見過那樣漂亮的女孩。

第一次見到她，是在中山北路、長春路交口的「哥倫比亞商業推廣中心」。

那個咖啡店在那時頗有名氣，是當年民歌手及文藝青年如胡德夫、胡茵夢……等人的駐地，也有台灣初期的搖滾樂團現場演奏，我還記得聽到過一位劉姓吉他手在那裡飆 Lynard Skynard 的〈Free Bird〉，第一次見到短短的十孔藍調口琴，也是在那邊。簡直 High 翻了。

那次是要到附近的大同區公所辦事，跟好友張ＸＸ約在那裡碰面。我先到，就先看到她。

牛仔短裙、黑白條紋長襪、一頭蓬鬆長髮，像隻快樂的小鳥一樣在桌子間飛來飛去，跟那時台北所有的女孩都那麼地不同。

她拿著點單扭著屁股走來，一開口，竟是口音極特別的南洋國語，我當場就醉了。

後來張ＸＸ到了，同樣被迷翻，竟然搶先一步說，「我要追她」。我只好很不甘心地默默退讓。

大概兩個月後，有天張ＸＸ來石牌家裡找我，「算了，你去吧，馬的，那個 Roselyn，我幾乎天天去，就是約不出來，她每次還老是問，『為什麼那個東屏什麼來著的都不來？』」

那天正好是青年節，朋友家有舞會，我就去等她下班。

Roselyn 坐在摩托車後座，雙手從後面伸到我胸前，好像怕我會跑掉一樣緊緊抱著，溫熱的臉貼在我的背上，髮絲不時隨風拂過我臉頰，癢癢地。

她每次都那樣抱我，有次朋友取笑她，「妳想把他勒死啊？」她一直咯咯笑。

從那天開始，我們就在一起了。

在一起的時間並不長，因為四個月後我就去當兵，她接著很快也去了日本，兩人開始魚雁往返的日子。

她的信件很講究，極女性化的信封，信紙經常變換，都有淡淡香味，每次班長發信時，都曖昧地對著我笑。我拿到信時也都捨不得馬上拆，都要等到有安靜、獨處的機會時才拆閱。

另外，我最喜歡的就是被派到福利社買東西，因為福利社牆上掛的月曆有她的照片，她也不時會出現在電視屏幕上。

她離開台灣前被找去替百事可樂拍了一輯電視廣告，經常在電視上播，青春活潑的她從海灘跑上來，然後將一張百事可樂的貼紙往身上一貼。

「ㄟ，這是我的女朋友呢。」我常常有點衝動想跟旁邊的人說。

後來受訓完了下部隊，她回台灣來看我，住在石牌我的家中，但我只有休假才能回去相聚。

我們認識了這麼段時間，從來沒有真正親熱過。

她是位很開放很黏膩人的女孩。第一次帶她參加舞會，手剛扶住她的腰，整個人就像蛇一樣纏貼上來。當天晚上跟我回家，她跟我要了件T恤當睡衣，就當著我的面轉身脫衣，只著一條跟現時流行的 G String 相去不遠的粉紅色小內褲。我其實已夠開放，都傻眼了。

在那種情況下，親熱當然是很自然的事，但是到了緊要關頭，她就喊痛，全身扭動，根本進不去。她說她的生殖器開口很窄小，一個指頭伸進去都很困難。我有聽過所謂的「石女」。心想也許她就是吧。

所以那段時間，我屢試屢敗，都是她用手或嘴幫我解決。

這次她從日本回來看我，倒是我們第一次真正做愛。她的叫床聲簡直是驚天動地，我甚至有正在殺豬的錯覺，只好慌張地用枕頭按住她的嘴，擔心驚動左右鄰居。

那段時間正好有天是她生日，而我沒有假，就託了分發到新生南路藝工隊的憲校同期吳ＸＸ在當天幫我買束玫瑰花送去家裡，還交代他要帶她出去吃頓大餐。

沒想到卻臨時突然喜出望外得到休假機會，也來不及通知任何人，急急忙忙買火車票從嘉義趕回台北，心裡則是雀躍無比，想的都是見面時的歡樂情景，以及如何為她慶祝生日。

結果到家之後竟然空無一人，打電話到所有可能的地方都問不出所以然，心情之惡劣之急切，簡直到了極點。

就在這個時候，門鈴響了。我很高興，因為沒有別人會在那個時候來，門一開，眼前竟是吳ＸＸ捧著一束玫瑰花。我急得都忘了曾經交代他送花。

我們兩個尷尬的大男人，坐在那裡大眼瞪小眼，不曉得該怎麼辦？

後來我決定去台中，因為我想起來她曾經提過想去日月潭走走，而且她也去過我的台中好友李ＸＸ的家。

那次她到李ＸＸ家的時候，穿著破了許多洞的牛仔褲，李ＸＸ的媽媽偷偷把他拉到一邊說，「這個女孩怎麼這麼可憐，我去找件衣服給她穿。」

李ＸＸ說，「唉唷，老媽呀，妳就別忙了，妳看看。」說著手指著牆上的月曆，不就正好是她穿著露臍裝在那邊打鼓呢。

我趕到台中李ＸＸ家，李媽媽告訴我她確實前幾天來了，還在她家住過兩天，後來去了日月潭，不過剛剛已經去車站要回台北了。

我真的好高興，終於找到人了。我還有一天的假。

於是趕緊趕到車站，北上的列車大概十五分鐘之後就要開了，我買了張票衝進月台，緊張地四處搜尋，終於，我找到了，我看到她了。

我朝思暮想的心愛情人，正跟一位男子緊緊地擁抱在月台上。

整個世界就凝結在那邊，我不知該怎麼辦？

她也看到我了，滿臉通紅，有點慌張匆匆走過來握著我的手，「不是你想的那樣……」

那是什麼樣呢？心愛的，請妳告訴我。

其實我知道那個男的，名叫 Dick，Mmmm... Dick，是位在台灣讀醫的日本學生，她以前跟我提過。

我們後來都沒再說話，我沒問她，她也沒說，我覺得已經沒什麼好問，她大概也認為沒什麼好說吧。

我當時很混亂、很困惑，不知該不該流淚，只是把頭轉開，我還穿著一身筆挺，希望得到她讚美的憲兵制服。然而，這一切都不重要了。靜默了幾分鐘之後，我把手上的書交給她，「給妳在車上讀吧」，然後跟她的情人打聲招呼，就轉身走了。

我只能轉身走了，還能幹嘛？

我回到嘉義山仔頂部隊，沒有人知道我為什麼提前歸營，也沒有人知道我一個人坐在營前的土堆上，望著星空抽了一整夜的菸，想我該怎麼辦？

忘了吧　再想她又有什麼用
還不是煩惱多一重　還不是有始無終

來匆匆　沒想到去也匆匆
昨夜夢　卻見你含情笑容
啊～啊～啊～
漫長夜空　星月無蹤
夜空之下　只有我在回想著往事如雲煙
忘了吧　還是把希望託夜空

只不過，我一直忘不了她。我們的故事也一直無法結束，而且拖了很久、很久。

她後來去了美國。我託住在華府的姊姊照應她，她還是經常寫信給我，情啊愛的。接著我退伍，開創生意不順，到台北打拚，做過林林總總的工作，最後淪落在街頭擺地攤。

這段長達三年的時間裡，先後交了幾位女友，甚至還訂了婚，但一直和她保持通信。她的信，也是我在種種不順中的慰藉，我都妥善地保存著，不時拿出來讀。

同一時間裡，也從姊姊那裡傳來她的種種。她住在姊姊的友人家，生活上不太檢點，有次帶了黑人回家，姊姊友人不太高興，跟她說，「以後別帶外國人回家。」她竟然答，「有沒搞錯，妳們才是外國人呢。」

即使這樣，我都還很犯賤地向著她。

一九七九年八月，我也去了美國。

第一次搭飛機，新加坡航空的空姐真漂亮。

但興奮的真正原因，是終於可以跟分開多年的她重逢了。

我先到美國中部德克薩斯州小鎮賓爾敦的「中央州立大學」報到，平常靠寫信，打工積了點錢就掛個電話，課業、打工之間的最大享受，就是幻想各種見面時的情節。

好不容易熬到寒假將屆，開始擬訂前往見面的計畫。夢想終於可以實現了。

然後有天接到她的信，照例像捧著珍寶般小心翼翼在宿舍裡拆閱，「我覺得我們彼此不太適合，所以……」

噴射機從天空劃過，我一個人坐在漸漸暗下來的宿舍裡很久，很久，很久，一直到月亮出來，星星出來，都沒想通該怎麼辦？

接下來幾年，我的學業、工作都不順，在美洲大陸上遊魂一樣飄盪，也不想再跟她聯絡。但她總有辦法找到我，逢年過節一定會寄來賀卡，所以我也一直知道她在哪裡。

後來我結婚了，帶著新婚太太去華府姊姊家，半夜找藉口溜出去找她。吻她的時候，她竟然嫌我口臭。認識這麼多年，我一直吸菸，從前不嫌，現在嫌，當然就是嫌囉，只好悻悻然告別，連她的近況都沒怎麼問。

再過了幾年，我已在紐約工作，有天突然接到她的電話。原來她已進入凱悅酒店集團工作，休假時可以選擇任何有連鎖酒店的地點，她就選了紐約。

那是我們自從台北之後，十多年以來第一次做愛。她很安靜，只是嗯嗯啊啊，我就想起上一次的殺豬叫床。難道是假的？

第二天我跟她說公事很忙，就沒再去看她。

又再隔了幾年，大約是一九九〇年前後，她又來紐約，那時她已有位薩爾瓦多籍的親密男友，好像是跟男友鬧脾氣，一個人負氣跑到紐約，說是想找工作。

我幫她租了一個小公寓，把她介紹給唐人街一家熟識的旅行社。

第二天她跟我說，那個我熟識的老闆當晚就帶她去酒吧喝酒，還把她帶回家意圖不軌，「但是他想碰我，哼，想都別想。」我當時就想，「妳為什麼會讓別人產生意圖呢？」不過我什麼也沒說。

她在那個公司做了兩天，就不做了，我幫她付的房租、押金當然也都泡湯。

臨走的時候，塞了三百美金給她，「我也沒什麼錢，妳帶在身上吧。」她眼睛有些泛紅，但我不想說什麼。

在我跟她相熟的幾十年間，她始終任性、不羈，沒有一樣工作做得長久，也無法掌握得住任何出現的機會。

一九九四年，我離婚了。她那時已經跟那位薩爾瓦多男友結婚，住在夏威夷。我從未問她怎麼知道我離婚？但猜想她是從我姊姊那邊打聽到的。

總之，她到紐約來找我，帶了一只裝了件結婚禮服的皮箱。

只是我對她一點興趣都沒有了。

她還是當年的她，言談、舉止、思想、打扮，都還停留在我所認識的二十歲時的她，但實際上已經四十歲了。我那時也已經歷了人生中大半的磨難，走了相當長的坎坷路，真的無法也不知如何再去跟裝在四十歲軀殼裡的二十歲女孩交談、溝通。

待了幾天，她只好提了那只皮箱，再回夏威夷。

我對她的浪蕩，真的不是這麼在意。我的家人其實都不喜歡她，私底下都叫她「那個騷妹」，但並不影響我對她的看法。我想，這也許是因為我自己也不是什麼好東西，在漫長的「爛人」生涯裡，對我而言，最可笑的就是「忠貞」。我不信，也別想讓我信。

後來搬到新加坡，她還來看過我，住在我家。

我那時有很嚴重的背痛毛病，有天請傭人幫我按摩，她正好經過，就將傭人支開，關起門，說是她知道怎麼按。

按著，按著，她整個人就趴在我身上開始磨蹭、喘氣，吻我的耳垂。

我，毫無感覺，毫無反應，就像個趴著的柳下惠。

一會兒之後，她大概也覺無趣，就起身走了。我的背痛依舊。

那次她回去夏威夷，就再沒跟我聯絡了。

幾年之後，我回台北，在一個老同學相聚的場合上有人提到她。

散會後，一位當年同班好友陪我走去地鐵站。他說，「梁二啊，還好你沒娶她，你記得你當兵時她回來台北看你嗎？你回部隊之後，我帶她上過山。」

我知道他在說什麼，也一點都不意外。

〈夜空〉——鳳飛飛

http://www.youtube.com/watch?v=-lIsQ6f4zYI

左圖為斯里蘭卡席格利亞古壁畫

愛情這東西我明白，但永遠是什麼？

Sara

一九九〇年前後，有次應邀參加一個長江三峽旅遊團，全團有十九人，日常作息都分為兩組，我的這組有對來自美國西雅圖的金姓老夫妻。金先生，廣東人，正好八十高齡；金太太，湖南人，七十五歲。

兩人鶼鰈情深，全團的人都很羨慕。

金先生不苟言笑，每次進餐時都正襟危坐，很少聽他說話，頗有讓人難親近的嚴肅架勢；金太太正好相反，是位少見的風趣人物，說起話來有濃重的湖南口音，好聽極了，又善於自嘲、自諷，每次開口，都有本事逗得舉座大樂，歡笑聲不絕於耳。

可是金太太對於坐在身邊的金先生卻絕沒閒著，一會兒夾菜遞飯，一會兒噓寒問暖，照顧得無微不至；特別是經常見到他們手牽手在遊輪甲板上散步，觀日出、賞夕陽，更是讓我們羨慕不已。

還有什麼比互相關愛一生更重要的？他們年紀這麼大了，也不必再操心孩子，每年總有兩、三次結伴出遊，互扶互攜。

美滿的人生，恐怕也不過就是如此了。

熟了之後，彼此不免互相談及各人的家庭狀況。我坦承已經離婚，也敘述了其不得已，以及對孩子的安排。大家聽了，自然也是連聲可惜，對我安慰一番，甚至還有自告奮勇要為我介紹對象的。

不久之後，旅程即將結束，有天早上大家排隊準備進餐，金太太正巧排在我後邊，由於沒有見到金先生，我就很自然地問起，她說金先生剛起床還在梳洗，所以她先來排隊，為金先生預先取好他喜歡的食物。

她的說法完全符合我對這對老夫妻的印象，所以當然也不覺得有任何特別。

由於排隊的人多，一時還輪不到，我們兩人就開始閒聊。

沒想到閒話幾句之後，金太太像是終於鼓足了勇氣，突然緊緊抓著我的手臂，然後幾乎語不成聲地說，「梁先生，那天聽你說你的故事，我心裡有很多感慨，我真羨慕你，其實要不是怕丟人，我早就想離婚了，忍受了他一輩子，真不知為了什麼？可是我們這種年代的人，離婚？想都不敢想的。」說著她就哭了起來，花白的頭隨著啜泣在我眼前起伏顫動。

由於四周其實都是人，我一時慌了手腳，不知所措。一位七十五歲、平時樂觀開朗的老太太，竟然流著眼淚告訴我，她平時費盡心思照顧老伴，全是心不甘、情不願。大家所見到的歡笑後面，竟然有這麼多的淚水與委屈。

我不知道該怎麼辦，只得摟住她因哭泣而危顫顫、柔弱的肩膀，輕聲地對她說，「沒關係，沒關係。」卻沒有辦法壓住自己心底的震撼。

一九八六年，我在紐約的《北美日報》服務，採訪一位名攝影家的前妻。其實當時他們還沒有離婚，不過這位女士透過她的侄兒表示希望接受採訪，說是很有新聞價值。

我當然就去了，結果聽到的是個充滿怨忿的愛情故事。

女士是位相貌平庸的婦人，可是生性極為樂觀、進取，待人更是和善、親切，她在台灣僑民聚居的法拉盛區人緣極佳，一條街走到尾，招呼打不完，見到每個人，她都是笑咪咪的，非常討人喜歡，很多人都稱她為「地下區長」。

可是她那天跟我談話，眼淚從頭流到尾。她和攝影家是在台灣結為夫妻，到了美國之後，攝影家一心想在攝影領域出人頭地，所以除了鑽研攝影之外，幾乎從來沒有工作過，就靠這位女士在唐人街血汗車衣廠內無日無夜的打工，賺些微薄的工資。

十多年來，攝影家一直在昂貴的紐約市曼哈頓區維持一間工作室，所需費用當然也是辛勤工作的老婆支持。他很少回家，同時由於工作上的方便，緋聞接二連三，老婆還親自多次捉姦，不過她每次都原諒他，仍然無怨無悔的在車衣廠出賣勞力，全力支持先生，就希望夫婿有朝一日可以出人頭地。

他是出頭了，終於成為知名的攝影家，但是也因而認識了位名舞蹈家，兩人雙宿雙飛。

女士眼見夫婿成名，但是自己一生的辛勞卻化為雲煙而去，怨恨可想而知，所以才主動要求接受專訪，大爆攝影家不為人知的一面。

於我而言，這當然是個好故事，但我還是再三與她確認，究竟是否真的要刊登。

報導刊出之後，在華人社區內頗為轟動，可是這位滿腹委屈的女士也沒有得到任何好處，她還是每天辛勤的工作，早已變心的丈夫，自然不會因此而回頭，反而有更多人知道她的屈辱，知道她被先生絕情拋棄。

又如何呢？

愛情又哪裡有什麼是與非呢？

她花了一輩子去愛一個人，付出了青春與健康，卻落得這樣的下場，看起來好像很慘，可是轉身環視，周遭的這種慘案還真不少。

愛情，究竟是什麼呢？

年輕時在陽明山上念書，得罪了一批住在中山樓附近眷村的小太保，小太保的頭頭帶著群囉囉找上門來，賞了我一拳，卻沒頭沒腦地對我說了句「頗有哲理」的話，「人與人之間，都是感情的互相利用。」

我不相信他真的懂得那句話的意義。那一拳，也早就沒感覺了。可是那句話，我一直記在腦子裡，也在人生的逆旅中一再印證、一再應驗。

人世間的事，包括愛情，時候到了，其實都很冰冷、殘酷。

講到愛情，羅大佑一首歌裡的歌詞可能還真說到了重點。他說，「愛情這東西我明白，但永遠是什麼？」

〈Sara〉——Bob Dylan

http://www.youtube.com/watch?v=XSoUPrq_ZO0

左圖為巴黎協和廣場雕像

旅館房間的牆壁

Out On The Weekend

公車加油的時候，從車間的縫隙裡看見位不知在想什麼，顯然很孤獨，面對著牆壁的少年。

也不知為什麼，卻很奇怪地想起很久很久以前，一個人狂亂地、漫無目的地開車離開住的地方，直到很累感覺已是地球盡頭之時，停駐在很陌生、很荒涼、很小、很簡單的汽車旅館前。

昏黃的床頭燈，屋外偶而幾聲有迴音的犬吠，很曠野的感覺，對著旅館的牆壁，錄了首悲傷的歌，一邊想像著她聽了之後流淚的樣子，更私心盼望她會因此回頭。

後來託人把錄音帶轉交給她，只不過沒有任何像電影般按照期盼的劇本發生，日子則隨著心痛逐漸減緩而慢慢回復平常。

那是一九八〇年夏季，到美國念書剛好一年。

那個年代，美國各地學校裡有很多伊朗學生，Afi 就是其中之一。

她是伊朗北方人，皮膚白皙，挺直的鼻梁，一頭烏黑發亮的秀髮，眼睛澄澈、眉毛秀美、齒如編貝，笑容尤其甜美，典型的中東美女。

去美國之前，我在台灣已經淪落到擺地攤，其實收入不錯，但一九七八年底中（台灣）、美宣佈斷交之後，一夕之間卻沒生意了，記得是連續幾天營業鴨蛋之後，讓我興起不如離去的念頭。

我在大學裡的成績很爛，自知沒把握自行申請到學校，所以另外也找了台北羅斯福路上專門辦理留學的公司同時進行，結果得到奧克拉荷馬州一間小學校入學許可。

到美國之後，在姊姊的勸告下從政治轉讀電腦，才有機會認識了Afi。

那一年，是我此生讀書最傑出的時段。美國的學校無所謂名次這回事，但我確定自己是同期頂尖者之一，經常為同學解決疑難，Afi 也是其中之一，她和另位來自伊索比亞、有歐洲血統的的黑美人 Mitze，常常拉著我到圖書館或是鄰近的海夫納市購物中心，找間餐廳為她們兩個「開課」。

每次，都是 Afi 買單，從來不讓當時在校內打清潔工、校外打洗碗工的我付帳。而且顯然是要維護我的自尊，Afi 每次都笑著說是「付學費」，Mitze 則在一旁敲邊鼓，「應該的，應該的」，而我真的經濟上頗窘迫，就只得厚顏接受好意。

實際上，Afi 的經濟條件確實比我好太多，她的父親是伊朗教育部長，也顯然讓她受了很好的教育，她是我所認識伊朗同學中，英文說得最好的一位，完全沒有口音，用字又很典雅。

那一年 Afi 生日時，她父親送給她的禮物是一輛新車。我只買了一條不算太貴的項鍊，可是 Afi 表現得比得到那輛新車還高興。

Afi 的本名是 Afsaneh，我不懂該怎麼唸，就把它唸成我認為應該是的「阿芙嗓麗」，Afi 第一次聽到我這樣叫她，竟捧著心口高興得尖叫，真讓人疼愛，還說，「我喜歡聽你這樣叫我的名字，以後，只准你這樣叫我。」

所以，大家都稱她「阿菲」，只有我叫她「阿芙嗓麗」。

就這樣，我和 Afi 愈走愈近，最後竟然陷入戀愛。

那段時間真的很快樂、充滿幸福。

我為了省錢，免費住在我的另位越南「學生」Vinh 的家，雖然離 Afi 住處有段距離，但是她常常大包小包來，烹煮伊朗食物給大家享用，Vinh 一家人也都很喜歡她。

有一天，我跟 Afi 在小鎮的公園裡盪鞦韆、聊天，她好像突然想起什麼，說是要去掛個電話。Afi 很快就回來了，但是面容慘白，說話的聲音都發抖，表示要趕回家去。我一頭霧水，但也沒多問。

第二天，Afi 來找我，嚇了我一跳，她整個的鼻青臉腫。

我才知道原來 Afi 來美國之前就已經訂婚了，她的未婚夫在離小鎮大約四十分鐘的「奧克拉荷馬大學」就讀，那天兩人約好要見面，Afi 忘了，結果她的未婚夫到了 Afi 的住處發現她不在，就「拷問」Afi 的室友，問出了我和 Afi 之間的事。Afi 掛電話回去時他已經怒氣沖天，才會把 Afi 嚇得全身發抖。

結果，Afi 趕回去後被痛打一頓。

我看到 Afi 被打成那樣，真是又傷心又氣憤，但更傷心的是，Afi 告訴我，「以後不能再跟你見面了」。

我簡直不相信自己的耳朵。被打成那個樣子，竟然要放棄的是我。

然而我無法說什麼，也無法做什麼，她有她的考量，那也是她自己的決定。

那天晚上，我就開著我那輛因為漏雨而發著霉味的破車，完全不理路標亂走，只想走到海角或天邊，沒有任何人的地方，直到半夜停在那間感覺上也發著霉味的破汽車旅館前。然後，錄下那首歌。

第二天起床後，情感終於還是敵不過現實，乖乖開車回去上工。就在當天，發現 Afi 搬走了，連她最親近的 Mitze 都說不知道去了哪裡。

那時我剛剛畢業，是全校第一個通過州政府求才甄試的畢業生，但左等右等三個多月之久，就是等不到州政府單位的面試通知，後來陸續通過的同學都接獲通知甚至獲得工作，我還是無人聞問，朝思夢想的 Afi 也全無消息，於是決定離開前往加州碰碰運氣。

走的那天下了冬季第一場大雪，學校所有功課都是我代寫，每次考試都讓他抄，卻已經獲得州政府工作的 Vinh 從辦公室掛電話來勸我不要走，說是路面結冰很危險，他在上班的路上就已經看到好幾個車禍意外。

但是我已經決定要走。

Mitze 來送我，跟我道別時說，「你經過甜甜圈店時停一下，Afi 在那邊等你，抱歉，她一直不讓我跟你說她在哪裡？」

那個大雪紛飛的甜甜圈店，是那樣鮮活地在我的記憶中。

我把車停在不顯眼的地方，遠遠地看著坐在店裡的 Afi，還是那樣的美麗卻那樣地讓人心碎。然後我調轉車頭，在大雪中離開。

三天之後抵達加州，從朋友家掛電話給 Vinh 報平安，他興奮地說，「快點回來，州政府的面試通知來了。」那就幾乎篤定我有工作了，但我想我的心已經死了，就跟他說，「沒關係，把它丟了吧。」

接下來，我在美洲大陸上整整流浪一年，從西到東，洗碗、侍者，從東到西，擺地攤、做苦工，一直到後來再進入聖地牙哥大學。

一九九三年，已經結婚生子、住在德州休士頓的 Mitze 跟我聯絡上，告訴我 Afi 已經離婚，住在達拉斯，在醫院的放射科裡工作，「她現在是科學家唷。」

我跟 Afi 通了電話，一開口「阿芙嗓麗……」她就哭了。

不久之後，我去紐奧良採訪，約了 Afi 在那邊碰面。那天晚上，躺在身邊的她在我耳邊說，「你還記得託 Mitze 轉交給我的錄音帶嗎，你唱得很好聽。」

而我卻只想得起那旅館房間裡，昏黃燈光映照的牆壁，完全不記得當時唱了哪首歌？

我躺在床上看著 Afi 在浴室裡的背影，心裡卻想起人在紐約的妻子、孩子。

那次分別後，就沒有再見過 Afi。

〈Out On The Weekend〉——Neil Young

http://www.youtube.com/watch?v=yOGzOPhAs6s

左圖攝於曼谷 Emporium 購物中心外

感覺終於消失

再會吧，心上人

那一次見到她，就覺得很眼熟。

是一九九三年底吧，某月某日的一個下午，「文化大學美東校友會」通知我在紐約市華人聚居的法拉盛區一家餐廳有個聚餐，可以帶孩子一起參加。

這種好事我從不錯過，特別是變成單親爸爸之後，可以省下變什麼花樣給孩子弄吃的煩惱。

結果上當了。

原來幾個人早已設計好把我選成校友會會長。

這下完了，本來就很少參加活動，人也不認識幾個，只好求助老校友推薦幹部人選，輪到康樂幹部時，對方說，「那當然是XXX囉，她是最佳人選。」

她就是當天校友會聚餐以及選舉的主持人，身材勻稱、美麗活潑、笑容甜美，整個原本單調聚會的場合，卻被她營造、控制得很緊湊很熱鬧。

朋友知道我不認得她，頗為訝異。原來她的名氣頗大，有「台灣最美麗的舞蹈老師」之稱，曾經在電視界十分活躍，那一、兩年因為婚姻出了狀況，就暫離台灣到芝加哥大學深造，畢業之後暫時留在紐約。

我那時離開台灣已經十四年，平時很少看台灣的節目、影帶，不識她也不奇怪，於是就掛電話給她，聊得滿愉快，她也欣然應允幫忙。

接下來的幾個月，我們密集辦了很多活動。這是因為過往的校友會長都是事業有成的商人，當上會長就捐一筆錢出來作辦活動的經費，我是個窮記者，哪有錢捐？有幾位學長好意要樂捐，我也不好意思收，所以決定辦校友會刊及包括舞會在內的各種活動，以招攬廣告及對外公開賣票來籌集經費。

就這樣，有頗長段時間幾乎是日夜相處，我也慢慢想起為什麼覺得她眼熟。

一次是好多年前回台灣，一位黑道大哥請吃飯，也邀了她跟她先生，介紹時說，「這是台灣電視舞蹈界最成功的夫妻檔。」

當時那位大哥有意涉足演藝界，所以邀了他們談事情，我等於是陪客，插不上什麼嘴，只覺得女客長相清雅、談吐大方。

再一次就是那次校友會前不久，我在聯合國前採訪台灣社團示威，看到一位很特別、與人群十分不搭調的女孩，穿著緊身牛仔褲、皮夾克，戴著一頂帥氣的帽子，並未混雜在示威人群中，因此引我多看了幾眼。

彼時，她其實已非女孩，而是過了四十的熟女，但是穿著時髦，身材尤其保持得很好，言談之中，也常常流露出對自己曲線的自豪。

應該是長年舞蹈的關係，她是我所認得唯一有腹肌的女人，也是唯一喜歡戴很多耳環，卻沒有打耳洞的女人。我認識她之後才知道新潮耳環也有很多是設計成夾在耳朵上的。

朝夕相處之下，兩人卻漸漸發展出感情，結果問題來了。

因為我認識她之前其實已有位女友。

這位女友是我此生相處得最愉快、最輕鬆的女人，她有丈夫，但是兩人美國、台灣分隔兩地，所以我想我們相處愉快的原因，很大程度上可能是由於彼此沒有承諾、牽絆的關係，而我那時確實是抱定不再進入婚姻的打算。

可是現在卻變成出於意料之外的三角關係。我就跟ＸＸＸ招認已經有位女友，但是我很珍惜跟她的關係，希望她能給我點時間，來處理並結束另段感情。

我還記得她呆在那裡的樣子，半天才迸出一句，「你真是個爛人！」

她很生氣，但還是接受了，緊接下來有段三人行的時間，我則開始慢慢和前一位女友疏遠。

這段時間並不長，但是大家都很痛苦。

一次是聖誕夜，我開車去接她回家過節，半路上想起過去幾年都是和另位女友一起過，今年她卻必須孤孤單單一個人過，一時悲從中來，邊開車就邊痛哭起來；還有一次是我們三個人在家晚餐，XXX悶著頭猛灌高粱，醉了之後大哭大鬧，一直喊「為什麼是我?!為什麼是我?!」

她曾經那麼紅過，現在卻要與人分享我這個「爛人」，當然覺得委屈。

後來，她決定回台東山再起。我曾經試圖勸她留在紐約發展，因為跟她相處的這段時間，發現儘管她曾經在台灣很出名，但實際上已經過氣了，在她離開台灣的那段時間，地盤也已經都被佔完，但是在美國的華人圈內，她還保有很高的知名度，應該還有發展空間。

不過她還是決定回台，還跟我媽說，「我先回去賺大錢，然後買大房子，大家住在一起。」我媽感動得一塌糊塗，一直說，「不要太辛苦，不要太辛苦。」

她顯然認為自己還很出名，回台灣很快就可再冒出頭，還跟我說，「回到台灣，記者問起我的感情問題，我就把你說出來囉。」但我判斷很困難，又不好直說。

為了她回台，我特地寫了一篇「XXX學成歸國」的特寫報導，結果我自己服務的報紙編輯說「她？不是已經過氣了嗎？」婉拒刊登。後來交給關係比較特殊的雜誌刊登，她很高興，特地掛電話給我，完全忘記是因為我拜託才登的。

有次和她在新竹與她當年好友相聚，對方跟她要聯絡電話，她竟然回道，「妳到台北之後打查號台，說我的名字，馬上就查得出來。」她那位好友氣得一句話都不說。

也許是在娛樂圈打過滾，也經營過很成功的事業，所以她除了美貌之外，也是位很世故的女人，說的話都很貼心。

我還記得第一次和她發生親密關係時，我有些緊張也許過度興奮，剛開始有些力不從心，她卻反過來安慰我，「對不起，是我不夠好。」

有次跟她說一直很照顧我的老董事長身體欠佳入院，她立刻建議我應該錄製一個致意的影帶寄回去。這些，都是我不會想到也不可能去做的事，但是於她卻很自然。

我媽及家人喜歡她，很大程度上是因為她是名人又貼心嘴甜，我喜歡她的主要原因則是由於她是位很獨立、上進的女人，時時都在想如何突破、提升自己。只不過感情的事，從來就多變數。

我那年早就計畫把孩子送回台灣學國語，她也主動提起可以讓孩子住她家。

結果在回台灣前幾天，掛電話給她確定行程，她卻是一副喝得很醉的聲音，「我不能去機場接你們嘍。」

這個，真是出乎我意料之外，就問她「為什麼？」結果她竟笑嘻嘻地說，「有人不准我去接。」

我一聽就懂了，忍不住炸開，「他X的，妳不是罵我爛人嗎？妳他X的又是什麼東西？」那天的對話就在我臭罵和摔電話之後告終。

我還是帶孩子回去了，安排他們住在前岳父母家。到機場時那種失落、心痛，到現在回想起來，似乎都還有點感覺。

在台北的前幾天一直忍，最後還是忍不住掛電話給她，但是一直找不到人。她應該知道是我所以才不接吧。

後來直接到她的舞蹈教室，見到她的妹妹，聊了很久，也知道了她的現況，果然是新交了一位男友，可是她妹妹說，「我們都不看好，你不要放棄啊。」

就是這句話，讓我又多經歷了一年的煎熬。

她第二天就來見我了，說是妹妹跟她說，「從來沒有見過這麼傷心的男人。」

我真的很傷心，就在前一晚，朋友知道我的事，約我去酒廊散心，幾杯酒下肚，傷心的歌一唱，當場淚流不止，陪酒的小姐全都傻眼了，朋友很貼心，說，「很羨慕你這把年紀還能為這種事掉淚。」那年，我四十六歲。

她來了，我們到旅館附近的大安森林公園散步，彼此間的不愉快很快就化解，回美國前的那幾天，她也每天到旅館來陪我，只是整個情況倒轉過來，現在是她同時跟兩個男人交往，還好另一位是住在宜蘭，她比較好應付，每次查勤的電話一來，我就讓她出去講話。

有次她從宜蘭回來，在床上時扭扭捏捏，才發現原來她身上有個吻痕。我只好故作大方說，「怎麼，有人作記號啊？」她那笑容，竟有點得意的樣子。

回到美國之後，真正的煎熬才開始，我經常掛電話去找不到人，我知道是她不方便接電話，所以乾脆關機。有次好不容易聯絡到，我埋怨了幾句，她的回答卻是很不耐煩的，「找不到就找不到嘛！乾脆不要用手機還好。」

那一年裡，我因為報社業務的關係，回去台北好幾趟，她也來過美國兩趟，和她之間的關係就像三溫暖，忽冷忽熱，相聚的時候如膠似漆，一旦分開，常常就因聯絡不上而不愉快。

印象最深刻的有兩次。

一次是我在西非賴比瑞亞採訪，那個地方電力不足，連撥電話都要靠發電機，由於選舉期間安全堪虞，我住在使館人員家中，更不好意思佔用發電機，在很有限的機會裡撥打電話，連續兩天就是找不到人。

我還記得在首都蒙羅維亞大街上，把有她電話的那頁從電話簿裡撕下、撕碎，從包租的計程車窗口撒出去。

可是感情當然不可能這樣就丟掉，電話號碼依然還記在心裡，後來終於聯絡到，不愉快又煙消雲散。

當初沒料到的是，這卻成為我日後感情上的最大罩門，只要電話一接不通、找不到人，我就會胡思亂想對方一定是跟別的男人在床上，如果對方的解釋再不能讓我滿意，我就會選擇「放棄」。

因為我太明白自己不願意再承受那種痛，那種擺明了「我就是這樣，隨便你要不要」，不受尊重的感覺。

事實上，從XXX以後，有兩位女友正是因為這樣而分手，也許冤枉了她們，然而我卻很清楚自己不會要那種關係。

還有一次是當年冬天在維也納，也是掛了整天的電話找不到人，第二天好不容易找到，談著談著居然談起「分手」，收線之後，我呆坐在冰天雪地裡的旅館房間，滋味真不好受。

那時她其實已經同意嫁給我，甚至訂好了婚期，可是她卻在電話裡告訴我要念博士班，所以暫時不想結婚。我當然沮喪，但是也有很奇妙的輕鬆。

我後來想，其實我並不是真的想結婚，只是「一定要追回來」的不服輸心理在作祟。

只不過我們還是沒有乾乾脆脆分手，繼續拖泥帶水了幾乎一年。這段時間，還一起去過了墨西哥、中美洲幾個國家。但當我後來知道她要念的是「醫學博士」時，我就決定不繼續玩了。

她的那位男友是歸國學人，以他在學術界的關係，把她弄進一間大學博士班，然後勸她拿到博士再考慮婚事。

她當年在芝加哥念書，因為英文實在不行，學位是在口試時急得哭出來才得到的，現在竟要跨行拿醫學博士，當然是對方要拖住她的策略。

這個遊戲玩成這樣，我已無意再戰，暗中把她轉成上床的對象。

半年後，我調職新加坡，過境台北時跟她聚了幾天，她說，「你不是為了我才請調吧？」我說，「如果是為了妳，我直接請調回台北就可以了。」

到新加坡安頓好，有天在泳池邊掛電話給她，她正好搬進學校宿舍，聲音有些疲累、冷淡，「有事嗎？」

我楞了一下，「有事嗎？」問得好，「好像還真的沒什麼事，那就再談囉。」我就把電話掛了，然後跳進泳池開始游泳。

很奇怪，心情滿平靜，自後也沒再興起掛電話給她的念頭。

當年聖誕節前，接到她的賀卡，「經常在報上讀到你的報導，知道你很努力，我就放心了……」

同樣很奇怪，我的心情平靜無波。

我有點不相信，把賀卡放了一晚，第二天早餐時再拿起來讀，還是沒感覺，就順手丟進垃圾桶了。

〈再會吧，心上人〉——動力火車

http://www.youtube.com/watch?v=fV7Dc71b1DE

左圖攝於曼谷刺青廟

同志啊，同志

Positively 4th Street

我猜，只是猜，人的一生中，無論男、女，總有某個特殊時段，或長或短，在某種特殊的情境下，有可能變成同性戀，只不過大多數人是生活在「正常」、有世俗道德約束的環境，所以才沒有「變過去」。

初一時有位朋友，此人是將軍之子，生得人高馬大，雖然只比我大一歲，可是已經發育得有點鬍鬚，腋下有濃密的腋毛，頗有燕趙之氣。

我記得有次在他家聊天，他穿著背心，舉手投足間，竟然讓我有些心旌動搖。

這是我唯一一次對同性有些「嚮往」的經驗，也就這麼一次，以後再也沒發生過，甚至還會相當反感。

我有位自小一起長大的好友，講話時喜歡勾肩搭背，用手肘碰觸對方的身體，每次和他聊天，我都會全身不自在。

高二時有天去台北車站前的學生戲院「新南陽」看電影，人滿沒位，只好站在最後踮著腳看，看著看著，覺得有隻手在摸我屁股，回頭一看，是位慌張把目光轉開的「老芋仔」。

我想可能是太擠，就換了位置繼續看，不料一會兒又覺得有人摸我，回頭又是他，我當場照他臉上就是一拳，他悶哼一聲摀著臉走開，我也興致全無離開戲院。

後來才慢慢知道，車站附近的新公園就是同性戀大本營，裡面都是這類「老芋仔」四處找尋「獵物」。

高三時住在台北工專教職員宿舍，師大附中同班的狐群狗黨常喜歡到我住處鬼混。有天我累了在床上午睡，突然覺得身後有些騷動，睜眼回頭一看，一位同學不知什麼時候也躺上床，衝著我有些尷尬的笑。

我很明顯地感到他勃起的下體頂了幾下我的臀部，當時還有好幾位同學在旁邊聊天，大家其實也都穿著制服，所以雖然覺得有些怪，我沒想太多也沒說什麼，就下床加入其他人聊天。

到今天，我也不知那位同學是否為同性戀者，還是只一時性起好玩。

大二的時候，有天晚上在陽明山散步，一輛紅色的跑車緩緩靠近身旁，車內的「老外」開始跟我搭訕，我沒想太多，只覺得有機會「練英文」也滿好，聊著聊著，他順口約我去他住處聽音樂。

他住的地方就在附近的別墅區，一進門就見到隻大狼狗。

我們先是坐在沙發上聊。然後他建議坐在地毯上比較舒服，又拿出啤酒、點起蠟燭，我並未覺得什麼。過了一會兒，他談話時開始不經意拍拍我的大腿。又過了一會兒，拍我大腿的手停在那兒不動了，我才開始覺得有點不對。

然後，他停在我大腿上的手居然開始摩挲，我這時才驚覺確定自己陷入了一個尷尬的境地。我看著那隻一直瞪著我的大狼狗，心裡急著琢磨

「我該怎麼辦？」

最後決定直話直說，「對不起，我不是你想找的那種人。」

結果證明是對的，我擔心的「狼狗攻擊事件」並未發生，他也很客氣地開車送我回到山仔后。也是後來才知道，有些同校包括體育系的同學就被「老外」包養在那個別墅區內。

大三下學期，我因為要養摩托車，在台北市一家公司找到工作，專門幫人安裝濾水器，每天從早忙到晚，完全沒法上陽明山上課。

有天下班後，決定跟老師攤牌。按照指示找到他家時，已經超過晚上十時。

我跟他談的主旨是我不會再去上課，但是考試一定會到，我的要求是「考多少，算多少，不要故意當我。」

他卻完全沒有回答我的問題，只是東拉西扯包括好好讀書、別交女朋友等等有的沒的。一扯已經超過半夜，他說，「你今晚就睡我這裡好了。」

他家是很大的獨門獨院房子，只有他跟老母兩人住，我也不疑有它，而且是老師邀請，還覺得有些榮幸呢，就答應了。

沒想到漱洗之後等他帶我去客房時，他竟然指著主臥房內那張大床說，「你就睡裡面吧。」

我到那個時候才暗暗叫苦。

其實有關他是同性戀的傳言早就有所聞，只是一直沒當回事，傳言這時才突然間全部變得真實起來，可是已經答應過夜，還穿上了他給的睡衣，真是「@#$&%，該怎麼辦？」

我只好硬著頭皮上床，面向牆躺著，雙手緊緊握拳，心裡盤算著，只要他敢動手，我也就管他X的狠扁他一頓。當時抱定的決心就是，「大不了老子不唸了，可以吧。」

一會兒，他也上床了。

我在黑暗中把眼睛睜得大大的，哪裡敢睡，連呼吸都不敢用力，隨時準備揮拳「發難」。他的狀況就真如成語說的「輾轉反側」，我只感到他在一側翻來覆去、長吁短嘆。

他一定是在猶豫掙扎究竟要不要「下手」，而我那時確實還有女友，擺明了不是同路人。就這樣僵持了長如一世紀的將近一個小時吧，他突然起身，開門出去了。

我又多待了一會兒，確定一切無事之後，趕緊下床換了衣服，趁著夜色落荒而逃。

那學期，包括他直接控制以及他能影響的科目，我總共被當掉十二個學分，差點造成後來無法畢業。

當兵之後有次放假回台北，和同學在榕榕園吃飯，突然見到他上樓，我們招呼他坐在一桌，心裡暗爽「有人付帳了」。他也點了杯咖啡。

才一會兒，上來了位身材高大、膚白俊美的年輕人，老師和對方熱情招呼後就一起離去，他們臨下樓梯時，我一眼瞥見兩人手悄悄地牽起來。賭爛的是，他的那杯咖啡還是我們買的單。

我也交過同性戀的女朋友。

第一位是在交往之前，我們分別到台中去拜訪朋友，她帶她的女性朋友到我的朋友家會合，我們幾個男生在打麻將，她和她的朋友一起沖浴，這不稀奇，很多女孩都會這樣做。

只是我半途起身進房去取香菸，竟然撞見她們兩個人在床上擁吻，兩人見我進去，像彈簧一樣突然彈開。我這人一向見怪不怪，拿了香菸就轉身出去，也沒跟任何人說過。

很多年以後，我問過她，她只是笑笑，沒回答。

另一位是後來的泰國女友。她主動告訴我，曾經和一個 Tom Boy 同居過七年。女同性戀，在泰國是稀鬆平常的事。她告訴我，會和 Tom Boy 同居，是因為覺得泰國男人不好。所以，我這個爛人還是不錯的。

〈Positively 4th Street〉——Bob Dylan

http://www.youtube.com/watch?v=NDCn8vObNkk

左圖攝於紐約時代廣場

原來這麼容易

淚橋

電話鈴響了。

來電顯示「Aod」，我把電話切掉。緊接著又響，我又切掉。又響，又切掉……

然後就不響了。

原來這麼容易。

我曾經有過很不好、很傷痛、被心愛女友拒接電話而且知道不接電話的原因是她正在別個男人床上的「經歷」。所以我曾經給自己立下一條「規定」——無論在什麼情況下都不要不接電話。

和 Aod 分手一年多以來，她幾乎天天掛電話給我，雖然我只是順著她的訴說回「Yes」、「Ok」，從不多說一句話，但從來沒有不接。

Aod 是典型的泰國人，皮膚有些黑，眼睛晶亮，身高大約一六七公分，在泰國女人中算高的。

Aod 的身材很好，每次帶她去海灘，換上比基尼之後，總是會吸引很多目光，不過她自己倒是常常嫌胸部太大，說是有錢的話要去動手術縮小一點。

泰國女人很保守，侍候男人溫柔、體貼得無微不至，很多歐美人士跑到泰國娶妻，原因正在於此。

我們剛開始在一起的時候，每次進、出門，她都要跪下來幫我穿脫鞋、襪。後來在我堅持下才停止。但是一起逛街，她還是堅持不讓我提購物袋，每次到我住處，一定把全家打掃得一塵不染，絕不讓我幫忙。她會說，「這些都是女人的事，你去做你的工作。」

但是我會跟她在一起，跟這一切都沒關係。

二〇〇五年初，為了應付沉重的經濟負擔，我在曼谷觀光夜市開了間小店。Aod 是斜對面服裝店的店員，很文靜、乖巧，但是她的老闆對她頗為嚴厲，常常責罵她。我們偶而在四目相接時交換一個微笑、招呼。

有天我買了支雪糕，經過 Aod 的店前時，她正趴在地上抹地，一顆顆汗珠滲在額頭，不知為什麼，我突然覺得有些心酸，就順手把雪糕遞給她，Aod 顯然有點驚慌也有掩不住的欣喜，對我合十說了聲「卡普昆喀」（謝謝），含羞帶怯地接過雪糕。

從那天之後，我就常常帶雪糕給她，彼此也開始熟起來。

後來我發現她每天都是餓著肚子來上班，就幫她帶些簡單的便當吃食。交往之後，她有次對我說，「每天肚子餓的時候，我就會想你怎麼還不來。」

終於有一天，Aod 在我開店時遞給我一小盒蛋糕，還有一張卡片示意要我讀，卡片上用英文寫著「我很喜歡你，Aod」。

我很感動也很猶豫，因為 Aod 足足小我二十五歲。

隔了一個週末，我帶 Aod 去唐人街吃飯，然後到朋友處，請他用泰文跟 Aod 說，我年紀這麼大，她跟我在一起會很委屈，而且我很確定自己不可能再結婚，不過她如果還是願意跟我相處，我也會好好照顧她。

Aod 聽了之後一直流淚，表示不管怎麼樣，她都願意跟我在一起。

就這樣，我們變成了男女朋友。Aod 對我的稱呼，也從「昆梁」（梁先生）變成了「打鈴」（Darling）。這個稱呼，是她請教會英文的朋友學來的。起先我覺得彆扭，但她叫得那樣自然，我也愈聽愈覺悅耳。

後來，服裝店生意欠佳收攤，我就請 Aod 到店裡幫忙，給她的薪水是周圍店家最高的，另外再加銷售佣金，所以她的薪水平均一個月可以達到一萬五千泰銖，足足是她在服裝店的兩倍多。

我這樣做的原因是希望她能存些錢，將來能自己開店自立。

從 Aod 第一天上班開始，我就竭盡所能教她所有有關古董、佛像這行的知識、作法。

我帶她去進貨，讓她學習怎麼找貨、選貨、殺價，我也送她去學校學英文，因為店裡的顧客百分之九十以上是外國遊客。

Aod有次跟我說，剛開始上班時，每次見到外國顧客上門，她就緊張得要命，心裡面一直希望顧客趕快出去，「現在，我的朋友都很羨慕我會說英文，謝謝你教我這麼多，我再也不是Buffalo（泰國人口中『笨蛋』的意思）了。」

Aod跟我在一起後，經歷了很多她生命中的第一次。

有次朋友來，我請他們在東方酒店吃自助餐，也請Aod作陪，當時覺得她吃得很少，要她再去拿，她卻說吃飽了。後來才知道，她根本不曉得自助餐是可以吃到飽，所以拿了一盤之後就不敢再去拿，以為要多付錢。

第一次帶她出國去巴里島玩，飛機起飛時她緊張得把我的手臂捏得發痛。

原來她是第一次坐飛機，在那次之前她只出過一次國，是跟爸爸去新加坡，兩人坐了二十多個小時的巴士。她說，「那次之後，我就跟爸爸說再也不要出國了。」

巴里島之後，我還帶她去過香港、台灣、馬來西亞、菲律賓、寮國、緬甸、越南、柬埔寨。她把所有的機票、登機證甚至於各景點的門票都仔細保存起來作紀念。

泰國的魚翅很出名，可是 Aod 在跟我之前從未吃過。我自己不吃，但每星期都帶她去吃，看到她吃得很開心，我就也開心。她不知道的是，我不吃，其實真是因為想省點錢。不過 Aod 每次也堅持分我一點，否則她就不吃。

Aod 是個很開朗的女孩，笑點很低，而且每次都是捧腹哈哈大笑，看到她笑成那個樣子，周圍的人都忍不住會跟著笑。和她相處，真是件很愉快的事。

然而世間的事從不圓滿。

我因工作常常出差，過往都是關店不作生意，Aod 來幫忙之後，當然就交給她。因為是夜市，所以我都是晚上八、九點才去，Aod 則是每天下午四點就到，把店打理乾淨開門營業。

初時一切都好，我每次拿銷售佣金、獎金給她，她都推老半天才勉強接下，說是只要薪水就夠了，每天的營業額也都登錄得清清楚楚交給我，我對她愈來愈放心，每個月的店租也交由她去繳。

然後有一個月，她說抽不出時間遲遲未繳。因為超過一個星期會罰款，我就趕在截止前一天帶著 Aod 去繳，結果到繳費窗口時，Aod 才說她已經動用了其中大約五千泰銖。

我很生氣，因為她應該早告訴我，而不是臨時才說。但是我並沒說什麼，只趕緊到附近提款機領了錢，跟她說下次不應該這樣讓我措手不及。

後來有次我出差兩天，回曼谷之後，Aod 一臉苦喪地跟我說前一晚上遇到扒手，皮包被割破，兩天營業額大約八千泰銖被偷走了。她說被爸爸罵了一頓，還說可以從她的薪水扣還。我當然沒這樣做，她的皮包被割破，已經夠難過了，就叫她不要介意。

過了一陣子，她的父親在為人安裝冷氣時觸電，送醫急救幾天後竟不幸去世，我特地包了兩萬泰銖的「白包」給她，她回家後才發現是這樣一筆「鉅款」，掛電話來泣不成聲道謝。

Aod 隨身帶著錦囊裝著她父親火化後的一顆牙齒，常常拿出來對著流淚說，「Aod 沒有爸爸了，但是『昆梁』對我很好，請爸爸放心。」我每次聽她這樣說，心裡都很難過，更加想好好照顧她。

Aod 的父親過世幾個月後，她跟我說父親留下的房子也有她姊姊的名字，需要付給姊姊兩萬五泰銖，姊姊就會讓出。

兩萬五真是小錢，可以幫她解決問題，我當然願意，立刻就出門提錢給她，Aod 接過錢之後，跪在地上磕頭，哭著說，「謝謝昆粱，Aod 現在有房子住了。」害我也跟著她一起流淚。

結果又過了幾個月，Aod 有天跟我說上次那筆兩萬五泰銖只是付銀行貸款利息，要真正取得房子，還要付三十五萬。

這時，我才開始覺得不對。因為那段時間裡，她還用各種名目跟我要了一些錢，數目並不大，一、兩萬泰銖而已，甚至還有一次是說要幫好朋友付汽車貸款。

我跟 Aod 說，幫她不是不可以，但是我要求她找位律師，確定三十五萬付出後真的可以拿到房子。

我也立刻掛電話給朋友，要她跟 Aod 把所有的狀況問清楚，結果 Aod 竟然跟我朋友發生了口角。我聽不懂她說什麼，但感覺得出來她意圖隱瞞什麼事，結果被追問之下惱羞成怒。

我很不高興，跟 Aod 說大家都是想幫她，她不應該對我的朋友不禮貌。結果 Aod 竟當場氣嘟嘟地提起皮包就走人，好像是我們對不起她。她後來也許自覺不對，跟我道歉。我並沒有給她那筆錢，也開始對她有戒心了，對她的信任也開始漸漸流失。

其實在 Aod 幫我看店的長達四年時間裡，我一直知道她在每日營業中上下其手，一方面因為貨品太多，很難清查，另一方面也由於都是小錢，只要不太過份，對我來說，「睜隻眼、閉隻眼」，就算是幫她吧。

包括 Aod 在內的泰國人其實本質上並不壞，但是真的因為太窮，只要接觸到的金錢稍微有點數目，就容易起貪念。

後來又有一次我出差回來，Aod 掛電話給我，說她去逛超市，結果大約兩萬多泰銖的營業額被扒走了。她的聲音聽起來很著急、傷心，可是我一點都不信，立刻就跟她說，「Aod，妳騙我，對不對？」她那邊沉寂了半晌，然後小聲地說，「Yes」。

我很傷心、失望。眼看著一段原本感覺不錯的感情，一點一點地走向末路，真讓人心痛。

我沒有再像以前一樣不要她還錢，而是每月從她的薪水中扣還兩千泰銖，除了對她說我很心痛之外，也沒有再說其他重話，日子還是一樣，一樣帶她去吃魚翅、一樣帶她出國，該付給她的薪水、佣金、獎金也一樣都不少。

但是我知道，這一切終將會過去，我知道，自己完全不需要這種關係。

二〇〇九年暑假，我照例赴美度年假，和孩子、家人相聚。

回到曼谷後，Aod 把帳本給我看，十七萬泰銖的營業額，她說為了安全存在銀行，過兩天拿給我，結果到第四天還沒下文。

那天在店裡，我跟她說，「錢是不是沒有了？」Aod 低下頭，我就知道怎麼回事了。

我突然覺得萬念俱灰，這麼長段時間，如果我一直對她苛刻，也就算了，問題是我一直對她這麼好，這麼照顧她，這麼想方設法幫她自立。這一切，卻這樣的不受珍惜。

我給她兩個選擇，一是慢慢從薪水扣，這樣，要扣七年；另一就是她從當天開始就不用再來上班，錢我也不要了。我承認當天講話的語氣是有些凌厲，Aod 當場又氣嘟嘟地扭頭就走。

我是真的生氣了，她憑什麼生氣？

還不到三分鐘，Aod 就掛電話來說可不可以回店裡。我立刻斬釘截鐵跟她說，「No」。心裡卻有種說不出的、「終於解脫」的輕鬆。

從那天開始，長達一年多的時間裡，我沒有再跟 Aod 見面，但是她幾乎天天掛電話給我，我從來沒有拒接，但除了「Yes」、「Ok」之外，也從來沒有開口說話。

我只想讓她知道，至少我還願意聽她講話，我不想讓她嘗我曾經嘗過的痛苦。Aod 也好幾次說，「昆梁，我知道你不想跟我說話，但還是要謝謝你一直聽我說。」

一年多，Aod 換過很多工作，在 Spa 當侍應生，在花店當店員，在 GoGo 吧當鋼管女郎，最後在菜市場租攤位賣吃食。她告訴我這些時常哭，我有時也會默默流淚，但是沒讓她知道，怕她知道我又心軟。

我不能再心軟，我要把心變成像石頭一樣甚至更硬。

其實錢真的是小事，Aod 如果把那些錢拿去開店，我都會很高興，但顯然沒有。她一個人生活，四年的薪水加獎金，絕對可以存下近五十萬泰銖，但顯然也沒有。這就是我傷心、灰心的真正原因。直到今天，我都沒問過那些錢到底去了哪裡。

去年十一月，店門下塞進一張泰國國稅局通知書，要我去報到。這下我慌了，我在泰國的居留身分不能合法開店。

左想右想，只好給 Aod 掛了電話，只有她最瞭解我的狀況，能幫我解決問題。

約了她在過去常去的火鍋店碰面。Aod 瘦了很多，但顯然很高興見到我。她低聲地說，「謝謝你，昆梁，好久沒有吃火鍋了。」我的眼淚差點流出來。

Aod 掛電話到國稅局，說店是她的，把身分證傳真過去，事情就解決了。我就想起 Aod 以前常常很驕傲地跟朋友說，「這是我的店，不過錢是昆梁出的。」

我知道 Aod 在菜市賣吃食很辛苦，早上四時就要起床，一直忙到下午三時，還賺不到什麼錢，就跟她說，「妳願意的話，晚上可以來店裡幫忙。」

Aod 很高興，流著淚說謝謝，還說以後再也不會偷我的錢了。我還是沒問她那些錢到底用到哪裡去了。

我沒有付 Aod 薪水，但是每天營業額的百分之十五給她作佣金。她很高興，第二天就買了很多零食來請左右店家，有些是舊識，有些是新來的，大家都很喜歡她。看到她開心，我也很高興。

不過才兩個星期，有天打烊回到家之後接到 Aod 的電話，「昆梁，我想了很久，才決定跟你開口，我需要兩萬……」我打斷 Aod，跟她說，「Aod，妳知道嗎？上次我從美國回來，銀行裡只剩下三千元（泰銖）。」然後，我就把電話掛了。

從那天以後，我沒有再接聽過 Aod 的電話。她還打來，我一看到來電顯示是她就掛斷，她也試過用別的號碼，我一聽到她的聲音，也立即掛斷。

不負責任。

原來是件這麼容易的事。

〈淚橋〉——伍佰

http://www.youtube.com/watch?v=UVGxA0ETexs

左圖攝於巴黎羅浮宮博物館

人與人之間，
都是感情的互相利用

Fly Away

「我是會被『人與人之間，都是感情的互相利用。』這句話打敗的人——M」。

那句話是前文〈愛情這東西我明白，但永遠是什麼？〉裡的一句話，早先貼於我的部落格裡，但是面對這位讀者突如其來沒頭沒腦的留言，我，也被打敗了，只好回「謝謝留言，不過，我真不知該如何回應，總之，多謝。」

我以為，作者與讀者之間的這件事，應該就此打住了。

結果沒有。

M（其實那時並不確定她的性別，她的留言署名是頗中性的英文）很快又來了電郵，介紹了一下自己是位獨立的攝影師，經常一個人提著行李四處旅行、拍照，而且「我也是個不相信『愛情』的人」。

這下引起了我心底的好奇與興趣，M提的旅行、攝影都是我的喜好，而我真是不相信愛情的人，再加上M的文字頗帶有詩意，就回了信，談了些旅行、攝影的事。

就這樣，故事開始發展了，而且，愈談愈投契。

因為我感覺得到M的年齡明明跟我差一大截，可是我說的什麼，她好像都知道。

譬如由於她說閒暇時喜歡看電影，我們很自然地談起電影。

我其實過去這二十多年來已經很少看電影，因為覺得實在沒什麼好電影可看，喜歡的電影幾乎都是六〇、七〇年代的，特別是日本片。

結果我跟她提起《野菊之墓》、《蜘蛛巢城》、《切腹》、《浮草》……這些就算和我年齡相仿者都不見得知道的電影，她卻能幾乎是「立即」回信，暢談劇情、演員及她的看法，這，真讓我頗為訝異甚至震動並且對她的好奇與興趣日益加深。

我想，這應當是因為她喜愛電影而長年浸淫的結果吧。然則她除了電影、攝影之外，其他方面的知識也很廣泛，甚且有很多時候，我遇到什麼問題，乾脆就發封 e-mail 給她，她總是能在最短時間內給我答案，慢慢地，我甚至對她很微妙地產生了倚賴的心理。

我們那段時間天天通信，竟至每晚回到家一定第一時間就急著打開電腦的地步，而且每次都有她的信等在那邊，她的存在，似乎已成為我生活的一部分。

每天的通信很自然地開始觸及前述討論之外的生活細節而漸漸開始有彼此關懷的內容，情愫開始暗中滋長。

終於有一天，我發了一封信，「該不會是兩個都不相信『愛情』的人開始談戀愛了吧？可是我這麼老，妳很吃虧唷。」彼時，我已知道她小我二十七歲。

她的回信是，「我覺得剛剛好，很高興能在你這麼好甚至於是最好的年紀認識你，我想告訴你，你其實給了我很多力量。」

這，讓我頗為感動，故事就只能也似乎應該繼續下去。

那段通信時間裡，M也間或寄過一些照片來，照片的構圖、取景的角度都很特別，常常是一隻眼睛或嘴唇甚或足部的特寫，或者是遠遠的背光取景，唯一的共通點就是見不到她完整的臉，但是可以看出她身材很苗條，穿著很率性，經常就是牛仔褲、襯衫。

這倒很合我的品味。

有回她寄來張站在窗前，紗裙被風微微掀起露出很美腳踝的照片，還被我取笑，「妳也穿裙子啊？」

我那時一直很納悶，為什麼她始終不露臉？難道真實的面目是個「恐龍妹」？但我也一直未問。

大概通信三個月後，她要去非洲作旅行攝影，會經過曼谷轉機，並且透露回程也許可以過境曼谷見面的意願。

那時，我們的「網路戀愛」已經漸漸入港。

但是我很清楚自己，特別是從未真正見過面，就回信給她，「很歡迎來曼谷，但我們從未真正見過面，見面時也許會有落差，也許有可能會發生什麼事，也可能不會發生，發生事後可能會有結果，也可能不會有結果。這些都想清楚了，妳就來吧。」

她那次非洲行大約兩星期，去程經過曼谷，等轉機時我們互通電郵，到了下個轉機點杜拜，由於要等滿長的四、五個小時，我就熬夜陪著她在網上聊天，那次她傳來在機場等機的照片，是第一次有完整正面的臉，但是很遠而且戴著很大的太陽眼鏡，還是看不清楚。

我說，「妳為什麼要戴醬大的蛙鏡？」她一直笑。

後來，在旅途的一半，也許是已經決定要進曼谷會面吧，她終於傳來比較清晰、正在開會的一組臉部照片。其實M的五官長得很秀氣、細緻，笑起來唇線頗美。

我就想起她有次在電郵中說，一位醫生朋友的六歲小孩初見她時轉頭問爸爸，「把拔，這個『葛格』生的是什麼病。」

我猜，可能是M對自己的外表缺乏信心吧，不過我從未問過她，我喜歡她，從一開始就不是因為外表。

結果有天晚上我正在店裡，接到她的電話。我說，「妳到啦？」她剛到曼谷機場。我真的很高興。

我要去接她，她說她自己會叫計程車過來。我跟她在一起的短短一年時間裡，她從來就是這樣，從不麻煩我。

我去約定的地方找她，她坐在夜市拱門的石階，探射燈光打在她身上，牛仔褲、T恤、球鞋。她一看到我，放下正在喝的水瓶，幾乎是衝的跑過來，緊緊地抱著我。

她說，「有落差嗎？」我說，「有一點。」

我說的是實話，因為她的談吐、舉止、儀態，確實不這麼「嬌滴滴」。但是這不重要，我本來就沒有期盼林黛玉，我喜歡她的原因遠遠超過她的外表，而且她的外表其實還真的滿可愛。

在回家的計程車上，我拿出已經準備好的泰銖，「妳放在身上用」。她立刻掏出一把鈔票，「我有，我在機場換了兩萬。」我跟她解釋，朋友來時，我都會先為他們準備點泰銖，並沒有別的意思。

也是在那輛車上，她突然轉過臉來慧黠地笑著，「嗨，你好，我叫XXX。」我才第一次真正知道她的名字。

那天到家之後，我先帶她去看客房，「妳可以睡這裡，但是要關好門，不然我半夜會偷偷闖進來。」她微笑著看了我一眼，就帶著行李轉身進了我的房間，我們也就這樣開始在一起。

她後來跟我說，「那次坐在那邊等你，其實我緊張死了，後來你要給我錢，我真的覺得被冒犯到。」

M確實很獨立，有次帶她到越南去玩，回曼谷後她一定要跟我分攤費用，堅決不肯讓自己的男友「理所當然」地招待。

她在我店裡看中幾樣東西，要帶回去送人，我讓她就拿去，她就是不肯，「至少我也應該把本錢付給你。」

她先後來曼谷看過我三次，除了第一次外，我都去機場接她，她都很高興，喜滋滋地說，「從來沒有被人接過。」聽到這話，我倒覺得有點心酸，暗暗告訴自己要好好待她。

她走的時候，則堅決不讓我送，她說，「走的時候太傷感，你來接，我就很高興了。」

每次，她都是後背揹一個，前胸掛一個，兩個跟她苗條身材不太相襯，讓我有點看著心疼的背包。我只能陪她走到社區門口，看她把背包吃力塞進計程車，然後探頭帶著微笑說，「Bye了」。她的眼眶卻是紅紅的。

M跟我說她是個工作狂，工作是Case by Case，也無一定的日程，經常需要跑來跑去，所以過往的戀情都無法維持。

我跟她說我不在乎，我也不希望天天黏在一起。她說她的計畫是一季見一次面，平時大家就各自努力工作，我也覺得很好。

果然，三個月後，她就又來了。

我們在一起的生活很簡單，就是出門走走、吃吃東西、在家裡談天或者教她彈吉他，她隨身帶攝影機，幫我拍了好多張至今讓我最滿意、最喜歡的照片。

每次，我想請她吃好的，她都不要，只願意在路邊攤或簡單的熟食中心用餐，而且每次都很滿足的樣子，就更讓人心疼。

有天，M說，「你知道嗎？我練吉他，是在認識你之前，讀到你在部落格裡有關你練吉他的文章，才決心去學的。」

我聽了這話，突然想起心裡一直有的疑問，就問她，「我們剛開始互通 e-mail 的時候，每次我提到什麼，妳都有答案，老實說，是不是去Google 來的。」M卻笑而不答。我忽然覺得一股暖意，就跟她說，「謝謝妳這麼用心，這麼珍惜我。」

M對我真的很體貼、細心。

我有血糖低的問題，有次犯了之後在 e-mail 裡跟她說了。

她來看我的時候就跟我說，「過兩天空一天時間給我，我要送你生日禮物。」

我一聽就知道怎麼回事，「妳要帶我去體檢，對不對？真的很感謝，但是不要花那個錢。」她在來之前把醫院、費用、時間都查了一清二楚。

但我很清楚自己的身體狀況，血糖低是老問題了，其他都ＯＫ，她的工作是按件計酬，雖然收入比一般上班族要好，終究並不穩定。但這個心意，我是銘記著的。

那次在胡志明市，我們出外晚餐，回頭時怎麼就是找不到旅館，天下著滿大的雨，我們站在騎樓下，煩愁著雨可能一時停不了。突然她說，「你在這兒別動，等我。」轉身就走進雨中，攔都攔不住，大約十分鐘後她打著旅館的雨傘回來，笑著說，「其實轉個彎就到了。」

她全身都濕透了。我也忘不了。

那段時間確實是快樂時光，卻萬萬沒想到，這段感情會因為我自己的因素而結束。

當年暑假，我照例要回美國探親，也計畫帶孩子從加州橫渡美國到紐約跟家人相聚。

我跟M提到這個計畫，邀請她一起去，目的之一當然也是想讓家人見見她。

那段時間，我確實已經把她當作自己家人看待，我跟孩子之間的 e-mail，只要不是太私人，都會發一份附件給她，同樣的，給她的 e-mail，也會選擇性的給孩子附件，我們四個人也常常像家人一樣的通過 e-mail 討論事情。

她當時很高興，立刻就答應跟我們一起去，而且主動開始上網找資料，著手規劃一路去些什麼地方。我當然也很高興，能夠帶著心愛的人跟孩子一塊旅行，是很多、很多年沒有的事了。

然而日子一天天靠近，她卻始終無法給我肯定答覆，可是機票跟路上住宿都必須預訂，特別是南達柯達州的哈雷機車大會，旅館一定得先訂。我很急，但是她那邊就是無法承諾。

最後我不得不放棄幫她預訂，她則說會盡量設法在半路跟我們會合。其實我已經感覺到她可能不會來了。

果然，她後來沒來。

更要命的是，在那段前後三個星期的旅程上，我們已經不像過去那樣每天聯絡了，因為我經常找不到她，或者有時明明在網上看到她，卻一瞬間就不見了。

這，不但讓我很困惑，也讓我很害怕，因為，我知道我無法處理這種狀況，而且知道對我而言，這個狀況繼續下去，最後只有分手一途。

問題是，我也知道她很難能夠理解。

我在過去十多年先後有過兩段很「沉重」的戀情，都是由於對方多次的突然斷掉聯絡而告收場，特別是前一段，傷我很重，使得我再也沒有能力承受對方無理由或不合常理的斷線，在那種時候，我會無法控制自己作很多遭背叛的聯想而變得焦慮不堪。

我知道這件事對我的嚴重性，但同時也知道M很可能無法理解其嚴重性，所以就委婉地跟她說我的顧慮，希望她不要再突然莫名其妙地不見了，如果預期到會有不能聯絡的狀況，要預先讓我知道。

但是她顯然沒有意識到。我在旅途中就跟孩子說可能會跟M分手了。美國行結束之後過境台灣處理出書的事，那就當然要跟她見面，我也已準備跟她說如果情況不能改變的話，我準備分手。然而見了面之後終於還是無法開口。

回曼谷後，M很快就得到案子要到東京工作一段時間，結果同樣的事開始發生，突然有好多天失去音訊，後來終於聯絡到，她說那幾天沒有網路可用。

我真的很努力想讓自己接受她的說法，可是辦不到，我不相信這麼大、這麼先進的東京找不到一個可以上網的地方。我也跟她說，「有這種情況時，妳也可以傳個手機簡訊讓我知道啊。」

然後我很清楚、很詳盡地跟她說明自己為什麼很在意這件事。她似乎也意識到了，跟我說，「謝謝你告訴我這些，這對我很重要。」

我也跟她說，上次在台北本來想要說再見，但是沒說出口。她聽了停了半晌，才說，「如果真的要分手，早點告訴我，我還沒有心理準備。」

我跟她說，「會讓妳知道的。」

其實，我知道這段感情已經走入末路，主要的問題出在我，我完全無能力處理、面對那種狀況，更重要的是我知道對方無法感同身受地理解，而我既然已經動了念頭，今後她的任何疏忽，都會把我們之間的關係推進一個死胡同，那麼，這個關係就會變成大家都痛苦、不舒服的狀態，而這是我最、最、最不想要的，我年紀已經這麼大了，沒有必要讓自己再陷入明明白白的不愉快。

果然，不久之後，同樣的事又發生。

我很傷心，真切地感受到不受珍惜，於是寫了一篇小文，附了一首歌寄給她。

決定退回城堡
樹林已經移動
巫婆的預言即將兌現
這是老將最後一戰

馬蹄踢踏濃霧
林中精靈說話了
哪納西瓦席弄嚕
昏鴉掠過麥田
文森的觀點還是對的
愛情
有這東西嗎？
愛情
是否只似濃霧迷亂蹄跡……
風捲狂沙矢箭如雨
是扭轉馬首回返城堡的時候了
開門！開門！

老將扯下戰袍
杯酒餘溫猶在

發信之後，我沒有再主動聯絡她。

後來她跟我聯絡，問我為什麼最近都沒消息。

我說，「上封信就是我要跟妳說的話。」

她說，「啊，那真的很沉重。」

我們就這樣結束了。

不久之後，兒子從美國掛電話來，說是和女友剛剛分手。我說我也分了，他問為什麼？

我說，「I've been to this movie before and it is not a pleasant one. Why bother to watch it again?」

兒子笑了，說，「I like this analogue. It reminds me of Bob Dylan.」

他說的是 Bob Dylan 的那首歌——Motorpsycho Nightmare。

他接著說，「Dad, It's so hard for me. I keep thinking of her everyday.」

我完全能夠理解那種痛，「Well, I know. I've been through that many times . But you will just have to get over it no matter what.」

〈Fly Away〉——萬芳

http://www.youtube.com/watch?v=mFNi6Euy4Us

左圖為曼谷街頭海報

朋友妻不可戲？

痛哭的人

「朋友妻，不可戲。」

每次看到或聽到這句話，就覺得有點可笑，也覺得男人滿可憐，為了怕自己的老婆被戲，發明了這句鴕鳥式的道德話。

什麼叫作「朋友妻，不可戲？」

不是朋友的妻，就可以戲了嗎？

實則真實世界的潛規則是，被戲的妻，大多是朋友的，也唯有朋友的妻，才比較有機會「戲到」。不然，你隨便到街上找個陌生人的妻戲戲看？

所以，「朋友妻，不可戲」的真正含意，其實是「朋友妻，常被戲」。現實生活裡，公公偷兒媳，小叔戲大嫂，都不是新鮮事。

我有一位兒時玩伴就跟我說過，他在結婚之前，未婚妻從台北到南部家裡，結果有天竟然跟他說，「昨天你出去之後，弟弟脫得光光跑進我房裡。」

他聽了很憤怒，以為女友挑撥兄弟感情，結果一問，還真有其事，「我本來的想法，如果是她亂說，就絕對不跟她結婚，結果是真的！」

我的妻，就被朋友戲過。我也戲過朋友的妻。

離婚之前的三年吧，我在紐約除了採訪任務，還負責公司的業務。為了要讓電腦裡的訂戶資料能更加妥善運用，就請了電腦專家好友來幫忙。當然不是免費的，照樣付酬勞，而且因為是朋友，還付得更優厚一些。

其實兩家本來就時有來往，我的妻也常常帶孩子去跟他家孩子玩，彼此十分熟悉。

朋友在曼哈頓上班，家住皇后區，所以是通勤不開車，來我們公司也都是坐大眾運輸來。我和妻各自開車，我在採訪方面的工作讓我時常必須提前離開辦公室，所以就交代同辦公室的妻下班時順便送朋友。這很正常。

有天，我也是提早離開，車子開出車庫時習慣性往右看是否有來車，結果卻看到朋友在遠處街角，應該是認出我的車而慌張低頭轉身，匆匆沒入巷裡。

我很納悶，那天沒有請他來啊？不過也僅是納悶而已。

結果那天妻回家的時間晚得有些超過，她說是去買菜，也確實帶了大包小包回來。

後來有天我在家裡找東西，無意中翻到一小袋照片，打開一看嚇我一跳，竟然是幾張春宮照，壓在女人身上的男人顯然是好友，女人因為在底下，並無法看到臉孔，但是扶在男人背上的左手手指，卻是我熟悉的。

妻的左手無名指，因為折過，在第二節指節處是彎的。

我就聯想起好友那次的鬼鬼祟祟。

我問妻。她承認照片上的男人是好友，但是女人是他的妻，「是我幫他們拍的」。

我始終沒相信過，但是確實沒證據，就很阿Q地當作沒發生。

另外一次是新同事剛從外地來報到上班，還沒車，我就要妻負責接送，在對方買車之前，大概接送了大半個月吧。

後來有天晚上妻說要出去買牛奶。由於確實已經很晚，應該已接近十一點，而且牛奶並非那麼急迫，我就跟她說明天再買也不遲，接著就因困乏而睡了。

沒想到我卻很少見地半夜醒來，更沒想到的是居然妻不在身旁。我很疑惑，但是由於她很久沒回，我還是因為睏累又再度睡著。

第二天正好開例行編採會議，奇怪的是，那位新同事卻一臉倦容，哈欠連天。我當然聯想起妻昨晚「失蹤」的事。

當天編採會議完後，我讓包括新同事在內的採訪同仁提前下班，自己則留下處理一些業務。臨下班前，妻說她要去超市買些東西，晚點回家。

我裝作無事但當然起疑，下班後就遠遠地跟蹤妻的車。結果，妻的車直接開到那位新同事的住處，我在外邊等了將近一小時，新同事才穿著短褲陪妻走出來。

妻回家的時候，我問她去哪裡了，手上大包小包的她說，「不是跟你說去超市嗎？」

我很生氣，「我看到妳從ＸＸＸ家裡出來」，然後又提出上次半夜失蹤的事。她知道無法否認，只說是那位同事正好要回台灣，她要託他帶些東西，矢口否認有什麼見不得人的事，而我完全是誣賴她。

我真無法忍受自己被當作三歲小孩，深覺受辱而大發雷霆。第二天，那位同事特地到家裡來，滿頭大汗地解釋他確實不知妻半夜到他住處要幹什麼，但絕對沒做什麼事。

我怎麼可能相信，但只跟他說，「算了，沒事了。」

我還能幹嘛？自己老婆找上人家。

我相信，這兩個 Case 只是我知道的部分。

我，也不是什麼好東西。

我家隔幾條街有戶人家，太太年輕時曾是知名的台北一女中儀隊成員，容貌、身材均佳，先生則是花花公子一名，到哪裡都是淺色皮鞋、米白西裝。

美國的華人生活十分單純，最常見的就是在家裡辦派對，幾家聚在一起熱鬧熱鬧。聚幾次就熟了，言談之間約略知道他們夫妻感情不睦，我和妻之間當時也有同樣問題。

也許就因為這樣，兩人之間從眉來眼去開始，漸漸桌下腳掌互摩，終至私下約會。常常是她假稱慢跑，實際上是跑到我家車庫，兩人就在車裡翻雲覆雨。不然就是她趁妻不在時到我家，我趁她夫不在時到她家。

問題是，這整段期間，人前人後，大家都裝得賢夫嫻妻。

她先生後來要跟她離（不是因為我，他早已在外邊有人），她還貞烈得要鬧自殺，周圍好友都很擔心，只有我說，「不會有事的啦。」

我還在文化大學念書時，有對常相往來的同學情侶，後來男的先畢業去當兵，女的大概無法適應突然孤單，常常下山來找我，我就當一般好友招待。

有天她來，我和朋友正打麻將，她其實不會，但也一直陪坐著到半夜散場。半夜了，朋友當然都留宿，家裡床全被佔滿，我把床讓給她，自己坐在床邊趴在書桌上睡。

睡了不一會兒，被她咳嗽聲吵醒。她真的咳得很凶，我就在黑暗中幫她拍背，拍著拍著，冷不防她突然轉身，竟然拍在她溫軟的胸部，她一直咯咯笑。

我不是聖人，也沒柳下惠那種功夫，就轉身上床了，另位朋友還在上舖呼呼大睡呢。

我和她之間持續得並不長，她只是要我暫時填補空虛吧。

她的男友大概三個月後回來，我那時跟她已無親密來往，還是約了兩人一起吃飯，她男友一見到我，立即兩眼通紅，很悲憤的樣子，她在一旁急急輕聲地說，「不怪他，是我不好。」

我到今天沒問過也沒想通，她為什麼要跟他說？很多年後我曾在公車上碰到她，她那時已嫁給一個外國人。

感情一路顛簸而來，男的出軌，女的出牆，真是見太多了，很多看起來是「恩愛夫妻」，多數其實只是互相欺瞞或裝聾作啞而已。

我交過一位女友，農曆年期間，她一直在臉書上圖文並茂報告準備過年的點點滴滴，整個大家族裡大小事都是她在料理，臉書朋友對她的賢慧卯起來按讚，她也很理所當然地接受大家的「賢妻良母」讚美。

只有我知道，她下線之後，就會找藉口到我床上來了。

〈痛哭的人〉——伍佰

http://www.youtube.com/watch?v=T8J6fwz3eBo

左圖攝於曼谷中隆西天鐵站下

Tuk，妳到底怎麼了？

我記得妳眼裡的依戀

Tuk，此生第一位泰國籍女友。

但不是在泰國認識她，初次相見是在新加坡的芽籠。

她跟一群穿著暴露、花枝招展的姊妹淘坐在大片玻璃窗後，只有她一人靜靜坐著，沒有像其他人一樣急著對進門顧客擠眉弄眼賣弄招攬。

是的，Tuk是妓女。

新加坡是個很特別的國家，娼妓合法，很多人恐怕都想不到。

我是在一九九八年搬去大約兩年之後，才發現芽籠。

這是因為新加坡對紅燈區的管理很特別。

芽籠基本上是跟住宅區混雜著，妓院不被允許出門拉客，門外也沒有亂七八糟的攤販，所以不知道的人幾乎看不出那是紅燈區。

新加坡很小。我第一次到芽籠十八巷的那家妓院，一進門，那位獐頭鼠目、一頭亂髮、兩撇算命先生鬍、坐在櫃枱後的小子就睜大眼驚呼，

「梁東屏！」

這是由於我到了新加坡後，似乎完全顛覆了新加坡人之前對新聞記者的印象。

那時正是東南亞多事之秋，我一天到晚飛來飛去到處採訪，印尼、東帝汶、菲律賓、柬埔寨……

新加坡人似乎才猛然發現，新聞記者原來是這樣玩的，所以我很快就在新加坡紅起來，一有什麼事，新加坡電台、電視台就會找我談談，報紙也常引用我在台灣發表的報導，甚至還有新加坡報紙以整版篇幅圖文並茂刊登對我的專訪。

那應當就是當天那個人一眼認出我的原因。

我當時嚇了一跳，轉移目光之後就看到了Tuk，與其他女郎很不一樣的Tuk。就要了她。

「Tuk 的五官並不挺美但很細緻，皮膚水白身材很好，個子大約一七〇公分，然而最讓我訝異地是她說得一口標準英文。

我們事後躺在床上聊天時，知道她其實是大學畢業生，後來在曼谷經營網吧失敗，只好到新加坡來出賣皮肉，希望能在兩年之內存夠錢，回曼谷開一間便利商店，東山再起。

新加坡的外籍妓女是領有工作證的，一次兩年，然後這輩子就不能再以同樣身分進新加坡。所以，她們真的是「性工作者」。

我那次瞥見床頭櫃上擺著一張約莫五、六歲大孩子的相片，「這是誰？」

「Tuk 的眼神立刻暗鬱下來，「我的兒子，」隨即眼眶就紅了，「我好想他。」

「Tuk 並沒結過婚，和人同居後生下孩子，那個男人就不告而別，這麼多年，Tuk 一個人扶養孩子，為了到新加坡賺錢而把孩子托給父母。

我自己是單親爸爸，很瞭解那種情懷及辛苦。更讓我動容的是，Tuk 不像其他從事這種行業的女子，生怕客人知道自己已婚還有孩子。

從那次以後，我去芽籠就只找 Tuk。

有次，她問我哪裡可以買到 Web Cam，我才知道她有手提電腦而不禁啞然，「我竟然認識位會用電腦的妓女」。我忘了她曾經是網吧老闆娘。

她說很想念孩子，有 Web Cam 之後就可以在通話時看到彼此。這真讓我泫然欲涕，就答應在她生理期休假時帶她去買。

那是我們首次一起「出遊」。

我帶她去選了適合的 Web Cam，付帳時，我堅決要幫她付，「我很感動，妳這樣眷念孩子」，她才勉強答應並說了聲「謝謝」。

從那次後，我們每月都會在外見面，多數是吃飯、聊天、逛街，有朋友在一起的場合，Tuk 就會在桌下偷偷牽著我的手，臉上喜孜孜地笑。平時就大約一至兩星期我去妓院找她一次。

有次，她說要買一條名牌皮帶，我帶她去高島屋百貨公司找到，付帳時她堅決不肯讓我付，而且掏出一張信用卡。這又讓我大吃一驚，「我認識位刷卡的妓女」。

在我跟她「交往」的不到一年時間，在外頭約會其實也不過就五、六次，除了吃飯之外，她從未要我付過任何其他的錢。我愈覺得她很難得，就愈來愈喜歡她。

有回我跟兒子逛街，巧遇 Tuk 跟她的一位姊妹淘，寒暄幾句後很自然地擁抱一下，她卻好像突然想到什麼似地趕緊把我推開。

「怎麼了？」

她小聲地說，「讓你兒子看到，不好。」其實，兒子並不知道她的背景。

有次她過生日，「你晚一點來，幫我帶些 Wine Cooler，我們辦個 Party，然後你在我這兒過夜。」

我答應了她但臨時反悔，因為實在沒有勇氣在妓院過夜。

我後來頗懊惱，帶了一條項鍊作為生日禮物去賠罪，但是 Tuk 並沒有表現出生氣的樣子，反而很高興的立刻戴上項鍊，愉悅地說，「真可惜，你沒來，很熱鬧呢。」

還有次我要去採訪伊拉克戰爭，不知要去多久，走前一天去找 Tuk，卻沒看到她，看店的那位小子說 Tuk 身子不舒服，不接客。

我正轉身要走，Tuk 卻出來了（她的房間就在一樓被稱作「金魚缸」展示妓女的玻璃櫥窗旁，顯然有姊妹淘去跟她說我來了。）要我進去。

我跟她說，「妳不舒服，我們聊聊天就好。」她說，「不行，你明天就走了，也不知什麼時候能回來？」竟然流下眼淚，堅持要跟我做愛。

Tuk 每次做愛都很投入，讓人非常愉悅，我有時甚至會略帶妒意地想，「她跟別的客人也一樣嗎？」

然後有一天，我去芽籠，竟赫然發現 Tuk 已經離開新加坡回曼谷了。我才知道，Tuk 因為學歷高，自主意識頗強，常常為了爭取姊妹淘的權益跟老闆起衝突，老闆實在忍無可忍，就送她回泰國，走得很匆忙，那個與我已經很熟的看店小子翻找出一張紙片遞給我，「她留了這個泰國的手機號碼給你。」

我那天握著那個電話號碼走在暗夜的芽籠街道上，心裡想的是，我這一生，幾乎沒有一件事是我自己能夠控制得了的，心情一直沉鬱下去。

一年多後，我決定搬去曼谷（並不是為了 Tuk），先去打點工作證及住處時，跟 Tuk 通了電話，她很高興，特地開了一個多小時的車來見我，一起在旅館餐廳吃了日本料理後準備送她出去，她卻挽著我的臂膀說，「我還有時間。」

那是我們第一次在妓院以外的地點做愛，她還是那麼狂熱、投入，頸上我送給她的項鍊隨著愉悅晃動。

三個月後，我正式搬到曼谷，掛電話給 Tuk，卻沒有回應。

接下來大約快兩年的時間，我偶而想起就撥電話給 Tuk，但始終得不到回應。

我的電話號碼應該會顯示在她的電話上，我到今天無法明白為什麼 Tuk 突然不接我的電話。一定有原因吧？但我不知道。

終於，我無法再承受，絕望地把她的電話號碼從電話裡刪除。

接著的四年多以來，只有一次，接到一通電話，「你還記得我嗎？」我說，「Tuk?」

但是電話卻「喀」的一聲斷了，我根據顯示的電話號碼掛回去，卻沒人接聽。我相信那是Tuk，但自後就再也沒接過她的電話。

Tuk，妳到底怎麼了？

〈我記得妳眼裡的依戀〉——萬芳

http://www.youtube.com/watch?v=vQGtBrTYFZw

左圖攝於曼谷塔信橋天鐵站

我就是這麼一個爛人！

It Ain't Me Babe

Why don't you just get lost!

算她倒楣，碰到我心情最低落的時候。早上過馬路時還臭罵了一位自以為開車是全世界最大的曼谷計程車司機。

我承認自己很沒風度，但老子不爽的時候，誰惹我誰就倒楣。

她就是，那個司機也是。

快一年了，我根本沒讀她幾乎天天寄來的電子郵件，昨天是要找一封不小心刪掉的重要郵件，結果又見到她的信躺在一堆垃圾中，我知道她會寫什麼，打開一看，果然是「My Dear: Blah Blah Blah...」

我火了，於是寫了回函「Why don't you just get lost！」

我，就是這麼一個爛人!!

大概一年多前吧，有天接獲部落格留言，說是願意幫我推算一下命格。

我從來不是會拒絕人的人，而且對方又是一番好意，雖然我對那些東西完全不信，還是把我自己所知道的生辰狀況寄了回去。

對方很快就回信，洋洋灑灑一大篇，老實說，我根本無心仔細讀，但還是回信謝了她。

然而就因為這樣起了頭，她幾乎天天寄郵件來，而且顯然她很仔細讀了我在部落格裡寫的東西，間或也會問一些兒、女、家庭的事。基於禮貌，我有時也作簡短的回答。

結果有一天，她突然在信裡承認她很喜歡我。

我其實覺得有點不舒服，但還是回了句「謝謝妳告訴我這些」。

從此，她寄來信的內容就開始情啊愛的。我大多數的時間都未予理會，只記得有次回了說，「我真的不相信什麼愛情」，希望她能看懂，不要再繼續這種無意義的信件。

不過顯然無效。

從她日記式的信件，我知道她是有先生的人，她告訴我她很愛她的先生，但是也很愛我，常常在字裡行間暗示，只要我開口，她就會飛過來。

這，我也不意外。

其實與男人的拈花惹草相較，女人紅杏出牆的比例之高，可能會讓很多人大吃一驚。我在離婚之後十多年間交往過的女人，幾乎都是有夫之婦，只不過女人隱藏得比較好。我還記得過去新加坡那位女友表白多麼忠貞不二，我只回了一句，「妳別忘了，妳和我交往時是有丈夫的。」

我，就是這麼一個爛人!!

我五十歲之後開始練吉他、學唱歌，知道自己的限度，也知道通過努力可以把自己推到極限，所以就利用 Youtube 上傳彈唱，回頭去聽，去發現缺點，作為繼續改進的依據。

不久之後，發現有些讚美開始出現，讓我覺得努力有代價了。我也興奮地把那些讚美寄給親朋分享。

後來發現讚美過於集中，口氣又都差不多，於是就寫信給她，結果果然是她的傑作。

我並沒說什麼但很生氣，把所有屬於她的讚美都刪掉，也發信給朋友，收回轉寄過的讚美。

我要的是真正的進步，不是啦啦隊。

我，就是這麼一個爛人!!

可是她卻變本加厲。我每上傳一首歌，她都把它當作是對著她唱，逐歌詞解說，然後自己對號入座。

譬如說有一句歌詞是：Loving you is the one thing I don't regret。她就會在後附註：是的，愛你是我永遠不悔的事。

我覺得噁心極了。

更恐怖的是，不知道她從哪裡查出我的電話，開始發簡訊給我，甚至有次在曼谷「紅衫軍」示威高潮時掛電話來「關懷」。

我真的很不喜歡這種關係，於是把她的電郵地址轉成Spam，從此以後，她的來信就全部轉到Spam裡。過了一陣子，女兒教我如何設定，她的電郵就直接進資源回收筒了。

我，就是這麼一個爛人!!

但這僅表示我不去看而已，並無法阻擋她發電郵、發簡訊。

電郵，我不去看，簡訊是發到我手機裡，有時沒留意打開，確實會讀到，但我從來不理會。

不久前我為了孩子的事心情不好，有天未留意打開一則簡訊，結果是她的「My Dear, I really miss you.」

馬的，我一肚子火兼噁心，立刻按鈕回信「Please stop all these nonsense!!」

我，就是這麼一個爛人!!

結果她來了封電郵（這次是特意去看），大意是說很抱歉，給我帶來這麼多困擾，她沒想到我回的唯一一次簡訊，卻是分手（馬的，我們有交往嗎？）她很遺憾沒辦法結束她現在和丈夫的關係（干我屁事啊？）……以後再也不會騷擾我了（多謝，多謝）。

我也以為這次應該可以罷休了吧。
沒想到卻在垃圾堆裡又看到她的信。
馬的，
Why don't you just get lost !!!
我，就是這麼一個爛人!!

〈It Ain't Me, Babe〉——Bob Dylan
http://www.youtube.com/watch?v=Ax4iyZqOSEc

左圖攝於巴黎奧賽美術館

心愛的，別哭

一直以為時間可以沖淡一切。

可是我錯了。

離開的時候，是決定不再回去的心情。但因為工作的關係，將近兩年之後又回去了。我告訴自己，「不要，不要去那個地方。」

但是，那天工作完回旅館，車子走的是那麼熟悉的路，愈走愈近，我的心情愈來愈掙扎。終於，在離那邊還有一個街口時跟司機說，「就停在這裡好了。」

我想要有個緩衝來調整情緒。

慢慢走過那個精緻的購物中心。多少個白天夜晚，和她帶著孩子在裡面的義大利餐廳吃飯，孩子總是笑咪咪把含在嘴裡的大蒜麵包拉出長長的起司絲。

走過曾經和她帶孩子半好玩、半清理不要衣物租位擺地攤的長廊。

她的衣服都是名牌又那樣高雅，一掛出來就引起搶購。我在一旁看她那樣優雅地與慶幸撿到便宜貨的顧客親切交談，心裡真覺甜蜜。

然後就是當地最典雅、最美的哥德式店街。藝品行、地毯店……然後，然後就是那個店面，那樣熟悉的櫥窗，門前的行道樹也都沒變，但是其他都不一樣了。

我就站在那裡看著、望著、想著、念著，終於忍不住放聲痛哭。

這個我埋葬掉所有夢想的地方。

這位我曾經最心愛也讓我最心痛，此生唯一完完全全主動追求的情人。

那年八月調職新加坡，十月的國慶晚會是第一次主要的公眾活動。在會場上，一眼就看到她。

沒見過那麼美、那麼高雅的女人。

一身黑色絲質、有蕾絲邊的長裙禮服，益發襯托出皮膚水白，黑亮長髮梳成貴婦式，露出線條優美、飽滿的額頭，挺直的鼻梁如希臘女神，儀態端莊地站在那兒，專注地聽著台上駐外代表的講話，塗著紫紅色指甲油的纖纖十指，一看就知經過精心保養。

旁邊卻站著一位極不相襯、個頭矮小，我不久前才初識的朋友。

他的太太？我的心裡竟然有一絲惆悵，但目光卻一直無法從她的身影抽離。

很快地，他們顯然也意識到我的目光。

那位新識的朋友跟我打了招呼，示意要我過去。後來有次她對我說，「那天你走過來，我心裡一直想『完了，完了』。」

那天寒暄了什麼？我全忘了，只記得知道兩人並非夫妻後的暗喜。跟她要電話，她有些遲疑，我立刻主動掏出名片、遞上筆，她只好寫了。

然後我掛了很多電話，她一直沒接，前後大約一星期吧。就在我準備放棄的時候，她卻接了電話，說是帶著舞蹈團在日本表演。我才想起那天朋友介紹說她是舞蹈家，每年國慶的大型舞蹈表演都由她負責。

她從日本回國後，我又試圖跟她聯絡，但她也都沒接電話。而又在我幾乎放棄之際，她接了電話。我約她見面、聊天。

約定的那天，我坐在文華酒店靠窗的咖啡座等她，過了時間她沒到。還好帶了本《讀者文摘》，就邊讀邊等，一轉眼四十五分鐘過去，人未到，電話也未接。

我心裡很不是滋味，總認為不能到或會遲到，至少應該通知一聲，我從未等人這麼久，正起身要走，她卻來了，一樣的及踝黑絲長裙，一樣的優雅動人，但並未對遲到有什麼表示，只淺笑著說，「我大概只有半個小時的時間。」

她來，我已經喜出望外了，哪管有多少時間。

結果我們聊了兩個小時，到了晚餐時間，她建議轉到另個地方一起用餐，總共聚了五小時，才依依不捨道別。

有了第一次，我就開始猛攻，常常約她出來聊天、喝咖啡。

她很喜歡讀書，不管到哪裡，隨身一定有書，唐宋詩詞，任你隨便說一句，她都能接著唸出下一句。我愈來愈喜歡她，也感覺得出來，她愈來愈喜歡我。

可是，她是有先生的。

她是國立藝專舞蹈專科出身，家中獨生女，父親是中醫師，母親是教師，從小是掌上明珠，生活相對優裕。

有一回，她陪伴父親到星、馬一帶義診，到新加坡時接受生意做得頗大的父親友人招待，結果友人的兒子對她驚為天人，立刻展開猛烈追求。

她給我看過那時的照片，清純美麗、端莊動人。應該是學習舞蹈的關係，她的體態一直柔挺、優雅，兩隻大大、黑白分明的眼睛，烏黑流瀉的天然捲長髮，鼻梁挺直，唇線柔美，誰看了都會心動。

她的父親是雲南人，不知是否有少數民族血統，她的輪廓確有異國風。我記得有次帶她在台北參加一次聚會，還有朋友悄悄跟我說，「妳的女朋友長得很像印度人唷。」

所以，她父親友人的兒子對她如癡如狂，完全不讓人意外。

由於男家是新加坡的大商家，那位兒子也長得一表人才，這門郎才女貌的親事就很順理成章的定了，她也在畢業之後就嫁到新加坡，成為少奶奶。

嫁入豪門之後，知書達禮的她很受公公喜愛，公公原本有意要她也進公司，襄助已經接掌大位的兒子，不過她卻一心嚮往藝術，對商業毫無興趣，就拒絕了，同時在新加坡人民協會兼了一些舞蹈課程。

很快地，她在舞蹈方面的才華被人發現，自此以後，新加坡每年國慶的大型編舞，以及年度的妝藝大遊行，都委由她負責編排、設計。

不過，她的先生顯然不喜歡她拋頭露面，完全不支持她在外頭的活動，甚至有時還會鬧得不愉快。她雖然很堅持自己的喜好，但性格一向溫順，只要不完全禁絕，多數都是她忍讓。

我記得有天夜裡在住處的泳池邊聊天，她淡淡地提及有次需要帶團到馬來西亞演出，但先生就是不允，兩人吵了一架，她還是去了，「結果還OK Lah」。夜色中她的雙眼晶瑩透亮，真美，我看呆了。

我後來常常想，她從小像公主一樣長大，嫁得又那麼好，認識我時，她已結婚十一年，才剛生第二個女兒，生活無憂無慮，先生也對她很好，她完全可以安穩當一輩子少奶奶，可是碰到我這個爛人，整個人生大翻轉，真是倒了八輩子的楣。

只是不知是不是出於好強，在我們後來快走到盡頭時，有次她對我說，「如果人生可以再來一遍，我還是願意作同樣的選擇。」我差點流下眼淚，真是害人不淺啊。

我們那時見面得很頻繁，相約喝咖啡、聊天，最初都是白天，大約傍晚時道別，她還會掛電話給也要下班的先生順道來接她，不過她從沒讓我跟她先生碰過面。

不久之後，她開始晚上出來，而且是很晚，通常是十一時以後。我慢慢知道，她是趁著先生熟睡之後溜出來的。

這樣的情況持續了兩、三個月，我和她很自然地就進入了男歡女愛的階段。

那段時間真的很快樂、很幸福。

有次，她安排到離新加坡船程四十五分鐘的民丹島。坐上渡輪的時候，我們站在船舷邊相擁看海，她依偎著我，在耳邊輕輕、很滿足地說，「真不敢相信，能和你一道出遊。」

我們在島上住了三天，從早到晚瘋狂做愛。

那個小屋很浪漫地座落在海邊，落地窗外就是海，在窗邊長沙發上纏綿的時候，窗外還偶而有漁火經過。

有回，她訂了新加坡東海岸邊的度假屋，然後掛電話給我，「你來吧。」

我去了，坐在海灘邊的野餐桌旁，在她耳邊輕輕唱著「千里的路，若是只能，陪妳風雪一程，握妳的手，前程後路，我都不問……」她那在夜色裡的晶瑩淚珠，我一直沒忘。

那是我第一次，也是唯一一次，對著心愛的人唱情歌。

前後五年多，我們一起去過很多地方，留下很多回憶。但同時間裡，慢慢卻也出現了問題，很多原先被戀愛沖昏頭時不介意的事，在意識到關係改變後，卻變成不愉快的泉源。

男、女之間的事，好像大抵都如此。

首先是她沒有什麼時間觀念，做什麼事都慢吞吞，約了時間，老是我要等她，而且每次等很久，我抱怨很多次，但她始終改不了。

我那時常常出差，她每次都堅持要到機場接我，但每次都遲到，結果反而變成我在機場等她，倒像是我在接機。

我的感覺慢慢變成她似乎並不在乎我。特別是我一再抱怨，她還是依然故我，甚至有次在我真發脾氣之後說，「你認識我的時候，我就是這樣。」

她沒說錯。但如果真的在乎我，難道不能改？最後我實在忍受不了，乾脆拜託她不要再來接機。對她的感情，也在這種不愉快之下悄悄變質。

再一個就是她不接電話。

我掛電話給她，十之八九不是一次就接通，有時有緊急的事，留了話，也幾乎都不回話。

我很認真地跟她抱怨，她說她的電話有問題，根本沒接到。由於實在次數太多，我有次真忍不住了，就說「妳如果真像妳所說的這麼在乎我，為什麼不換一支電話呢？」

結果她真的換了，而且還把電話掛在胸前。我很感動，也很欣慰。

但是不到一個星期，她又恢復了不接電話的習慣，我真的很沮喪，不知該再說什麼？再說，都覺得好像自己在找她麻煩。

直到有一天，我和她在街上散步，她的電話響起，只見她拿起電話看了一眼就放下。

我突然有種異樣的感覺，有點惱怒、有點挑釁地說，「怎麼？不方便接啊？」

她沒答話，就更加深我的疑慮。她常常不接我的電話，難道也是「不方便」？

然而更讓我覺得不舒服的還不只不接電話這樁事。

有回帶她去非洲，回到新加坡之後，當天接到她媽媽從台灣掛來的電話，說是找不到她。我就很篤定地說，「她在啊」，沒想到她媽媽卻說，「找不到，家裡也沒人。」

我信心十足地說，「我來聯絡她。」

結果，我找不到她，手機也沒人接。

第二天，她來我家，我就跟她說，「妳怎麼沒回家啊？」

她卻說，「你秀逗了啊？」

我說，「妳媽找妳一整天，也掛電話到妳家。」

她沒應聲。我沒相信。

再次見面，她主動說為了和我出遊騙了家人，因為不想讓人發現我們同時回新加坡，所以她確實沒回家，跑到民丹島住了一晚。

我沒信。只跟她說，「有這種顧慮，也大可以跟我明說啊。」

還有一次，她已跟丈夫鬧離婚而搬出去住，突然有天毫無預警失聯了，怎麼都找不到。

我很急，擔心出了什麼事，在她相隔很遠的舊家、新居兩頭跑，兩邊家裡都有燈光，可就是沒人接電話，半夜三更，我還把朋友挖起來，幫我掛電話到她的舊家，一直沒人接，也完全沒有頭緒，折騰了整夜沒睡，我甚至幻想她的丈夫因她鬧離婚而失去理智，一怒之下把她、孩子、傭人全殺掉，自己也自殺了，真差一點去報警。

結果第二天她出現了，說是臨時有事去了香港，還對我的擔心、著急表現出很高興的樣子。我其實氣瘋了，也沒相信她的說法。

總而言之，這類事層出不窮，犯了我的大忌。我跟她提出警告，這種事情如果繼續發生，會很嚴重影響到我和她的感情。

但她顯然沒聽進去，我和她之間的裂痕愈來愈大，我也開始為這類事開始發脾氣。而一旦開始了，脾氣就會愈發愈大，愈來愈容易發，因為那已經變成一種不受尊重、不受珍惜的狀態。

記得後來又有一次她媽媽掛電話來找她，我沒好氣地跟她說，「我真的不知道她在哪裡？」心裡面的窩囊，憋得讓人難受，有次就跟她說，「以後請妳媽不要到我這兒來找妳了，真的很沒面子。」

老實說，我從來沒有證據她是否背地裡有在搞些什麼。只有一次，兒子跟我說他看見她跟一個男的坐在輛紅色的跑車裡。我沒問。

一直到我已經離開新加坡很多年後，有次她來曼谷看我，才問她，她的反應還是，「你秀逗啊，我根本沒認識有紅色跑車的人。」

有時她也會抱怨我冤枉她。我就跟她說，「我的要求就只有這麼一點，不要不接電話，有事，也可以回個訊息啊，妳這樣被冤枉，不是很划不來嗎？」

但每次都一樣，很快就故態復萌，我和她的感情，就在這種不信任感逐漸加強之中，一點一點流失。

其實這也都不重要，我這一生背叛過很多人，也被很多人背叛，就是有，也不會意外，但我希望知道自己的處境。

記得有次她信誓旦旦說她多麼忠心，絕對沒有第二個人，我只跟她說，「我可沒問妳啊，但妳也別忘了，妳跟我開始在一起時，是有丈夫的。」她默不作聲。

她跟先生鬧離婚的時候，我已經知道自己很可能不會和她長久下去，就跟她說，「妳要想清楚，而且盡量把我的因素排除在外，如果真的是因為不能跟先生相處下去，那我不反對妳離，但妳要有可能會一個人過的心理準備。」

她還是要離。

離婚的原因是她先生發現了我和她在民丹島度假的親密照片。我到今天都懷疑，是她故意讓先生找到那些照片的。其實她先生並不想離，低聲下氣希望她回心轉意，但是她已鐵了心，就是要離。

她不但要離，而且準備「裸離」，什麼都不要。

我堅決反對，主動幫她找了律師，並且幫她把嫁給先生十一年的青春、對家庭的付出，以及因之無法就業賺錢，予以量化，計算出應當要求新幣一百萬贍養費。

我還記得帶她去律師樓，當律師看到她夫家的公司名稱時，只說了一句，「喔，是這家公司，這個數字（一百萬）很合理。」

我把她交給律師之後，就沒有再過問。一則是我認為既然律師接了，應該可以放心。再者，我不願意讓人認為我在裡面攪什麼。

一直到幾年之後再跟她碰面，才知道她根本沒堅持要贍養費，而是由她先生把她爸爸當年當結婚禮物送給小夫妻倆的一間公寓，抵七十萬新幣給了她。

她這樣就離了。我也不意外。她從小到大無憂無慮，從來不需要去爭取什麼，對生活的困頓沒有概念，又是獨生女，所以也不知如何與人相處。

在離婚訴訟期間，有天她很興奮地說找到房子了，要我幫忙去看一下。

很美的房子。臥室的屋頂是透明玻璃，晚上可以看到星星、月亮。她是那種有杯紅酒跟天上的月亮，就覺得生活已經完滿的人。

我跟她說，「月亮、星星是很美，但妳是夜貓子，上床還不到兩小時，太陽就出來了，妳怎麼睡？」

我知道這些，因為年少時逃家睡過公寓屋頂，每天早上都是被曬醒。而且隔壁正在蓋大樓。我問帶看房的經紀，說是至少要蓋一年。就跟她說，「這一年，房子會愈蓋愈高愈接近妳的臥室，妳會被吵瘋掉。」

她才打消念頭。她就是這樣不食人間煙火。

我後來陪她找到一個很好的住所，挑高樓中樓，有新加坡少有的景觀，月租新幣兩千五。我問她可以嗎？她說「可以」。我就以為可以了。

看到她那樣喜歡那房子，我也很高興。

然後，我就開店了。

開店，一方面是由於收藏實在太多，家裡都放不下了，開店也可以增加額外收入。另方面也是想給她一份工作、一份收入。然而最重要的原因是我想建立一個屬於我和她的事業。她離婚了，也沒別的依靠，我想照顧她。

但世事往往違願。

還不到半年，她的房東從上海掛電話找到我，說她房租已經拖欠一陣子，也找不到人。問她的時候，她只回說忘掉了，她會處理。

有次注意到她腕上先生送的勞力士錶不見了，就問她，「當掉了？」她沒吭氣。我那時想，她跟先生的離婚還沒正式判立，也許還沒拿到錢吧？

但她在店裡工作是有薪水的，應付一般生活應該還夠，就跟她說，「我這輩子經歷過很苦的日子，但從未欠過人錢，生活上妳應該量力而為。」

但她顯然沒聽進去。她住的地方其實有捷運可搭，但出入向來都是計程車，還是比較貴的無線叫車服務。我說過她，但也沒聽。她從來不聽我的話，有事也不商量，愈來愈讓我心灰意冷。

另一方面，店的生意一直不算很好，賺的錢，扣掉店租跟她的底薪加獎金，大概就是打平，我算是白忙。

開店的兩年期間，也發生很多次不愉快。因為她還在外邊教些舞蹈課程，所以我們是輪流看店。但是輪到她的時候，很少準時開店不說，經常還關了店門不知去向，甚至連好幾位老顧客都反應到我這邊。

我真的很生氣。這個店，開到最後等於是為她在開，卻如此不珍惜、不負責，讓我很傷心。我有次跟她說，「很後悔開這個店，沒賺到錢，還把我們的感情搞壞了。」

開店到一半，我已經確定自己不會跟她共度了。

二〇〇三年大概十一月前後到泰國首都曼谷採訪「亞太經合會」，就萌生了搬離新加坡的念頭。

其實我很喜歡新加坡，但跟她在一起已經逐漸變成折磨，工作上、生活上無法完全切斷，我在感情方面一向優柔寡斷，分手？說不出口。繼續下去？對兩人都是痛苦。也想不出別的辦法，只有自私地逃走一途。

二〇〇四年八月，所有的事情都已安排妥當。原先跟著我的兩個孩子那時都已赴美繼續念書，家裡的東西能賣的賣，能送人的送人。

她要了我的床、被褥、枕頭，還有一件我最鍾愛的背心。

我知道她要這些東西的心意，心裡面就特別覺得難過。但事已至此，沒辦法了。

走前有一天，和她、她的母親、她的兩個孩子在家裡吃飯，她那天真的小女兒突然問，「Uncle，你為什麼要搬到曼谷？」我說，「報社要我去，不能不去啊。」她紅了眼睛，匆匆走進廚房。

後來她私下跟我說，「謝謝你，我就怕她們問。」店還開著，留給她了。能做到的也只有那麼多，生意雖然不好，一個人的工錢總還賺得到吧。

那天離開店回到空蕩蕩的住處，地上只有個準備睡最後一晚的床墊。坐在黑暗中的床墊，回想跟她在一起的五年多時光，回想一段起初美好的戀情，逐漸走向末路，想起她的一生被我攪亂成這樣……還是忍不住流淚了。

這最後一晚，我怎麼待啊？

起身揹起背包、吉他下樓。突然她的電話來了，「你在哪？」

「我要走了。」

她急切地說，「你等我一下。」

店離我住的地方很近。我發動摩托車時，她已經趕到了，「為什麼今天就走？」

「我待不下去了。」

我很想哭，但我沒有。她也沒有。

她抱著我，頭靠在我肩上說，「可以把安全帽脫下嗎？」我沒脫。

她知道沒辦法了，低聲說，「連帽子都不肯脫，」然後吻在冰冷冷的安全帽上，「一路小心。」

我就跨上車，走了。

轉上彎道時，回頭看到她還站在昏黃燈光裡。

〈心愛的，別哭〉——陳雷

http://www.youtube.com/watch?v=WWvAEGQDpg0

左圖攝於曼谷四世皇路

網路情人

把悲傷留給自己

網路上傳來一段有趣對話。

網友：為什麼網友一見面就想上床。

樓主：廢話，不然妳要幹嘛？大家都這麼忙。

這個，道盡了網路情人的真實狀況。

網路拉近了人與人之間的距離，更重要的是，網路使得人可以接觸到的對象無限擴大，許多過去的不可能，現在都變為可能。

譬如說吧，不久前，我就跟四十年前交往過前後還不及三個月的老情人在臉書相逢。

我在泰國曼谷一棟河邊大樓的一間公寓裡，她在美國窮山惡水鳥不生蛋的南達柯達州，本來幾乎絕無可能有交集，卻就這樣在網路上互相東牽西扯地重逢了。

當年的她很美，眼睛大大，眼眶頗深，鼻尖小巧而挺，很有立體感，身材凹凸有致，笑起來齒如編貝，左上齒列有顆可愛的小虎牙，人也很有才藝，是學校舞專的學生，唯一就是，半邊臉有塊很大的淡青紫色胎記。

我這爛人向來以貌取人。剛開始交往愛情最大，不太介意，在一起之後，老毛病就犯了，看到別人的女友膚白唇紅，自己女友的那塊胎記，竟然變得愈來愈刺眼，最後終於分手。自己想出一堆冠冕堂皇的理由，其實不就是那塊胎記。

由於在一起的時間真的不長，分了也就分了，一分四十年，卻有天突然接到她的臉書「加為朋友」邀請。老實說，一開始我還真沒認出，她在邀請中寫道，「還記得四十年前的老友嗎？」我趕緊看她的名字（英文），再盯她的照片，總算讓我想起來，立刻回了訊息，「當然記得啊，不就是XX嘛。」

這一招是跟黃義交學的。

黃義交當年是台灣省政府新聞處發言人，長得英俊倜儻也風流成性，結果有次一位小有名氣的女記者跳出來呼天喊地說他始亂終棄，為了證明她沒亂說話，特別舉證歷歷提出記載她與黃義交交往細節的「寶寶日記」。她說，「我，就是寶寶。」

那裡知道此言一出，突然冒出好多個怒氣沖沖的「寶寶」。

原來黃義交交了一缸子女朋友，但把所有的女友都稱作寶寶，如此一來，每當女友掛電話來，而且嬌聲嬌氣地問，「猜猜我是誰？」的時候，他都能準確無誤地答道，「哎唷，猜什麼猜，不就是寶寶，我唯一的寶寶嘛。」高吧。

話說我之所以盯著她的照片看了很久，並不是因為她難認。她其實變得不多，身材尤其保持得好，只比四十年前稍微豐腴一點，剪著俏皮的短髮，更顯得年輕，但神奇的是，臉上那塊不算小的胎記不見了，所以我才猶疑再三不敢認。她一向活潑好動，現在想來還是一樣，所以在臉書上 Po 了不少照片，也有幾張是年輕時的，我很專注地審視，結果也是細皮白肉。

不過我沒問。可能的情況是她去作了面部美白修整，或者是在照片上作了些處理。不過我相信是前者，否則每張照片都修，多累啊。

而這「不識廬山真面目」，正好就是網路情人寫照。

一般人在網路上放照片，或是放介紹自己的文字，很自然都會選自己認為最美的一面，所以網路上美女、俊男特多，而且每個人都閱歷豐富、見解過人，特吸引人，因此網上談情說愛，成功的機率其實滿高。只不過，一旦成了之後，分手的機率也滿高。

顧名思義，網路情人很多是遠距離甚至跨國、跨洲的性質，平時在網路上施展各種解數，當然都無所不用其極展現出自己最好的一面。

一般來說，剛開始都是互相禮貌的問候，一段時間後就會開始談些生活上的知識，交換一下心得，慢慢熟了之後，開始明示或暗示勾引對方，文字、圖片漸漸大膽、露骨，絕非當面談戀愛所能比擬，而正就這種虛擬環境提供的距離、便利，讓網路情人比實境情人更勇於表達，更容易入港。

尤有甚者，很大一部分的網路情人都是「偷情」性質，更增加了浪漫的感覺，談起情來也更加刺激。

那麼，網路情人又為什麼容易分手呢？

這是因為網路情人在正式見面之前，已經談了頗長一段時間的隔空虛擬戀愛，真正感到有見面的慾望時，其實都已經進展到可以上床的階段，甚至有些可能都在網上做過愛了。

然而在肉身實際接觸之前，畢竟還都是網上影像、文字的交換。不幸的是，經常這種虛擬的影像、文字，跟實際都有段距離，所以兩人真正見面之後，多少會有落差，甚至會出現「見光死」的狀況。

另外，網路情人在網上交往期間，很難探知對方的性格，少了在這方面彼此摸索的過程，往往是在見面、上床之後，才會發現彼此可能不合之處，自然就提高了最終分手的可能。

至少，我的經驗是如此。

我的第一個網路情人是這樣的。

她是一位作家，很特別的作家，文字活潑生動，小說的題材貼近人生，很多是關於她自己所經歷，一般人很少有機會碰到的快意恩仇超精彩生活，字裡行間對人生的通透、練達，更令人心嚮往之，可讀性非常的高。

我對閱讀其實相當挑剔，但在網上第一次讀到她的作品，就迷上了，她放在網上的照片，也是甜美可人，讓人心動。

在男女關係上，我完全「悶騷」，從來不是會主動的人，所以一直是個「潛水」的仰慕者。直到有一天，意外發現她竟然在我的一篇文章上作了回應，喜出望外的我立刻給她發了 e-mail，表示我也很喜歡讀她的文章云云。

就這樣，我們開始了網上通訊。前後三個月吧，我正好有機會要去台北辦事，很自然就相約見面，她還特地到桃園機場接機，可見得當時我們已經自認滿熟了。

在互換 e-mail 的其間，我已經知道即將要見面的她，不會是我在網上所看到的那個年輕、美麗的她，那是她大約三十歲前後的照片，而她其時已經靠近五十歲了。

儘管有心理準備，見到她時還是暗吃一驚，「怎麼差這麼多？」她幾乎沒有化妝，穿的衣服相當隨性，顯得有些邋遢。

我始終認為，女人年齡愈大愈需要打扮，「沒有醜陋的女人，只有懶惰的女人」，這句話是真的。

我當然不會把她跟三十歲時相比，但她的身材保持得還算不錯，五官也都還好，就是完全素顏沒化妝，眉毛淡到幾乎沒有，歲月或者生活的艱難讓她的面容益發顯得疲累，沒精神，短髮沒怎麼梳理，又穿得太隨便。

不過我們還是聊得滿愉快，從桃園一路到台北，並無任何冷場或尷尬。

接下來兩天，她都到我下榻的旅館來看我，也看得出來她是刻意化了妝來的。我有朋友聚會的場合，也會帶她一起去，但只介紹她是「作家朋友」，同時大力推薦她的小說。

也是在這兩天，我發現我們之間悄悄地開始有了些什麼東西。

老實說，見面之前，我是有些綺想，但見面之後就冷卻了。然而那兩天正值颱風來臨前，風大雨急，過馬路或去哪裡時難免牽牽扶扶，幾次之後，她就很自然變成時時刻刻挽著我的臂膀。

第三天的上午，她來旅館陪我吃完早餐。我本來就準備帶她去中午的一個聚會，就跟她說，「我想在房裡練琴，妳怕吵的話，可以到商務中心上上網，我們十一點半出發。」沒想到她卻突然變臉，說道，「算了啦，我也不想黏著你，你下回來，也不用來找我。」然後轉身就走了。

我真的覺得有點突如其來，莫名其妙，不知她為什麼生氣，但並沒留她。

沒想到五分鐘後就接到她的電話，「你真的要我走嗎？」

「我沒要妳走啊？」

「那你要我回來嗎？」

「妳自己決定囉。」

然後她就又出現在我房門口，一進門就緊緊地抱住我。我們就上床了。她在床上相當狂野、投入，很符合她在小說中所描繪的自己。

第二天，我就續程去了美國。她說怕傷感，沒送我去機場。跟孩子在美國的公路旅行途中，我和她一直有 e-mail 聯絡。她說很高興我揀選了她，下次我再去，她會好好打扮，讓我跟她在一起時，走路有風。顯然，她對自己給人的印象，並不是沒有想法。我其實有種感覺，她之前的不打扮，好像是有點故意要跟生命賭氣。

我相信她打扮起來會很漂亮。她不是沒有品味的女人，言談舉止也有一定的優雅，而且見過大風大浪，只不過長時間以來感情的不順遂、生活的磨難，讓她有些支離破碎罷了。這些，是我從她的作品中得到的印象，幾天的相處，感覺也是如此。

我沒想到的是，和她之間的關係很快就變成了「一夜情」。

我和孩子的那次旅程前後兩個星期，有好幾段路是荒郊野外，不是都有網路可用，所以不是她每次的e-mail 我都能及時回覆，結果卻成了她抱怨的理由，任我怎麼解釋，她似乎都認定是我故意忽視她。這樣的不可理喻，讓我開始漸漸有些厭煩。

再則，她似乎一夕之間變回了十八歲。字裡行間都是風啊月啊情啊愛的。這，我也受不了，明明就都已是五、六十歲的人了，不能夠談「成熟一點」的戀愛嗎？更何況，我們真的就只相處了三天，上了一次床，真的要有什麼結果，也應該慢慢來吧，而不是像她在 e-mail 中所寫，「你趕快回（曼谷）去吧，這樣你就可以天天給我寫信（e-mail），我要我的信箱裡都是你，只有你。」

讀到這樣的字句，我會怕，我怕這種不切實際的「純情」。

但真正讓我不想再繼續下去，是因為她後來逼問我到底愛不愛她？我沒回答，她很生氣。我這輩子沒對任何人說過「我愛妳」。我相信不是我不說，而是我很倒楣，這輩子就沒碰到一個會讓我甘心說出那三個字的人。

後來終於回到曼谷，對她的 e-mail 已經變成禮貌性的回答，從未主動給她發信，這讓她很受不了，信中寫道，「為什麼我沒有戀愛的喜悅，而都是痛苦呢？」

我就順勢說了，「既然這樣痛苦，我覺得我們不應該再繼續下去了。」

結果引起她的暴怒。

我這輩子沒被人用那種惡毒的字眼罵過，完全超出我的想像，完全超出我在她的作品中所認知的她。她連罵了我三天，我一句話也沒吭，但當她寫道，「你這種人，只配跟妓女在一起，希望你女兒不要碰到像你這樣的人。」我終於火了，兩個成年人的事，幹嘛詛咒我的女兒？

但我也只是回了 e-mail，「這件事，本來就沒有誰勉強誰，妳如果覺得良心過得去，就繼續罵好了，但請不要扯我女兒。」

她還是繼續罵了兩天，也許是因為我完全不理會，也許是因為真的罵累了，就停了。

在她罵我的那幾天中，我給她寄去一幅在巴布亞・新幾內亞買的原住民油畫。我在台北時，她正好搬新家，我去看了，答應送她一幅油畫掛在牆上，慶賀她遷往新居。

然後她來了電郵，「唉，其實我怎麼會恨你？都這樣了，你還寄畫來，我們繼續作朋友吧。」我說，「好」，就又恢復了電郵來往，只是不熱絡了。

第二年，我照例回台北出書，請她和一幫友人聚了一下。走了之後，收到她的電郵，「怎麼一聲不響地就走了？」我說，「我以為，我們已經聚過了。」

當年年底，她出車禍，我聽到消息時正在練一首歌，「When the red sun sets on the railroad town / And the bars begin to laugh with a happy sound...」唱著，唱著，就哭出來了。其實我和她或者很多人所渴求的，不就都是一個簡單的生活、簡單的快樂嗎？看看夕陽，在酒吧裡坐坐、談談，但卻不可得。

五天之後，她過世了。我沒去，請朋友送去花圈。

隔年春寒料峭中，我獨自一人進入深山找到她的靈位，把我寫給她的祭文在她靈前燒了，還唱了一首歌「And when she dies she says she'll catch some blackbird's wing / And she will fly away to heaven / Come some sweet blue bonnet spring...」

我的第二個網路情人持續了比較久，大約一年的時間。我想，原因應該是我們也就只見了三到四次吧，否則恐怕早就掛了。我和她的故事，記述在本書的〈人與人之間，都是感情的互相利用〉裡。

第三個網路情人是這樣的。

我真的不記得我們是在什麼情況下成為臉書朋友。她後來問我為什麼要邀請她成為朋友？我真的不記得，只好有點敷衍地答道，「因為妳長得很美啊。」她很樂。

其實我真心認為是她向我提出邀請的，因為我極少、極少主動邀請生人成為朋友，除非……除非……對方美如天仙。

而她，確實美如天仙。她有所有美人都具備的條件，皮膚白，眼睛大，鼻子挺，嘴唇美，笑起來尤其動人。所以，就姑且當作是我主動邀請吧。

她不但美，而且傑出。在台灣的一流大學畢業後，遠嫁印尼，夫家是當地富商，但是她並不願在家當現成少奶奶，憑藉著高強的外語能力，以及商業管理學歷的背景，自行出社會打拚，很短時間就成為跨國公司的高薪管理階層，每年有超過大半年的時間，在世界各地旅行，為公司接洽各種生意。

這些，都是我和她在臉書上交談時得知的。我們的交談，跟大多數網路情人的模式一樣，剛開始是互相按讚，接著找藉口公開交談，漸漸入港後轉入私密交談，然後……

然後有天她說正好要到曼谷出差，「要見個面嗎？」我當然說好。這距離我們在網路上初識，還不及三個月的時間。

她住在曼谷市內的頂級酒店，約我見面的地方是酒店裡專給尊貴客人使用，無限制供應酒類、輕食的的特別樓層，她還特別問我要穿什麼衣服、什麼顏色？「因為我想要穿跟你相配的衣服。」多麼周到，善體人意。

親切有禮的服務員帶我走向裡進靠窗的長沙發，原先斜倚著、穿著高雅的她站起來，我的一句「妳好嗎？」還沒說完，已經被她緊緊摟住。服務員剛轉身，她就舌吻上來，接著她竟像突然虛脫一般地癱進沙發裡，眼光嫵媚地斜視著我。

一時之間，我竟有個感覺，也有點害怕，「馬的，是不是碰到精神有問題的花痴了？」

不過不是，她很正常。我們坐在那裡聊了很久，多數是她問我答。我從來不太喜歡知道太多別人的事。

聊了兩、三個小時吧，用了輕食，喝了雞尾酒，然後在我講到某件事的時候，好像觸動了她的什麼，她突然抓起我的手，跟我使了個眼色。我當然懂。

我們幾乎是一進房就互剝對方的衣服。以五十歲來說，她的身材保持得很好，乳房適中尖挺，可能是沒生過孩子，乳頭淡紅細粒，幾乎沒有小腹，做起愛來動作狂放、叫床震天又配合度很高。那種大汗淋漓的做愛，已經很久沒有過了。

事後她卻嚎啕大哭，把我嚇壞了。問她，她卻說，「你不知道喜極而泣嗎？」我也才知道，她的先生已經一年多沒碰她了。

我卻在那個羅曼蒂克時刻，想到一個大陸連續劇的段子。婆婆對媳婦在某種情況下還露出笑容大為不滿，夾在中間的兒子急忙打圓場，「媽，她是泣極而喜。」呵呵，還真會掰。

三天之內，我們瘋狂做愛，早也做，午也做，晚也做。然後，就起了第一次衝突。

那是第三天深夜。我正在網上搜索資料，無意間看到從前在新加坡那位女友公演肚皮舞的視頻。

那幾天的相處，她問了我很多事，我也都如實說，所以她知道我曾經在新加坡有位深愛又讓我十分傷心的女友。那晚看到那段視頻，直覺上想讓她知道我說的是誰，就去到她的套間，跟正在卸妝的她說，「妳想看看XXX嗎？」

過了一會兒，她來了，盯著我的電腦螢幕看了大約兩秒鐘，說了句，「滿肥的嘛，Fxxx Her!」就氣嘟嘟地轉身走了。

我呆住了，這是幹嘛？但我沒吭氣。

沒想到她很快又氣沖沖走回來，興師問罪地問我，「你幹嘛要給我看她，示威啊？」說完轉身又走了。我還是沒吭氣，但是有點火了。

然後她又來了，非要我說出個道理。我跟她說沒別的意思，純粹是因為正好見到那個視頻，以為她也願意看一下。但是她不相信，而且顯然希望我說出符合她所判斷的理由。這就不可理喻了。

我於是開始收拾我的衣物。她說，「你要幹嘛？」我說，「I'm leaving.」我不想在那種情況下，還繼續留在那邊，應付那種無理取鬧。她又氣嘟嘟轉身走了。

等電梯的時候，我突然聽到愈來愈近的嗚嗚哭聲。原來是她一邊哭、一邊伸著手走過來了。

我突然覺得很悲傷，覺得不應該丟下她一個人在那邊。那時已是深夜近兩點鐘，她的哭聲在暗夜中特別讓人心驚，我接過她的手，「妳幹嘛這樣呢？」陪她走回房間。

那天夜裡我沒回我的房間，就在中間共用的起居間沙發上合衣而眠，因為她說，「我無法忍受你這樣轉身就走。」她也說她這輩子沒有這樣傷心地哭過。我跟她說對不起。

第二天上午，我就回去自己住處，因為她的先生當天會到，要在曼谷看些投資項目，她要陪他。

一個月後，她又來了。再隔一個月，又來了。每次停留三到四天，她跟家裡說是出差。她來的時候，我們除了出外吃飯，多數的時間是在房裡纏綿。

她沒來的時候，我們就在臉書、Skype 上聊天、吵架。是的，吵架。這讓我很厭煩。

網上聊天有個很麻煩的地方，就是打字需要時間，往往上個問題還沒來得及答覆，下個問題已經來了。急性子的人，就會以為對方在迴避問題。而她，不但是個急性的人，而且是個主觀非常強，認為自己的判斷都是正確的人。這，就更麻煩了。

譬如說，我有時在跟她網上聊天的時候，會突然受到觸動而貼上一首歌或文章什麼的。她就會字字計較我到底想傳達什麼訊息？其實我哪裡是要傳達什麼訊息，就正好是那個東西跳上腦際嘛，何況又不是我的作品，哪裡有什麼訊息要傳達，又哪裡可以準確傳達？

但她就是不信、不妥協，認定我是要告訴她什麼，非要人說出個理由。一次、兩次也就算了，經常如此，真煩死人。

她的佔有慾也強。她幾乎時時刻刻掛在網上，我一上網，就會被她逮到，就要陪她聊天，Honey 長 Honey 短的。我自由慣了，一開始還新鮮、甜蜜，久了就有些煩。哪有那麼多情呀愛的？大家都那麼忙。

有次朋友從美國來，我作為地主陪著客人吃飯、聊天，突然接到她的電話，問我在哪裡？口氣很不高興地說，「不是約好晚上要聊天的嗎？」約好要聊天？我根本沒印象。

回到家之後，才開電腦她就跳進來，「我感覺到你不知在我背後搞些什麼名堂？」我搞些什麼？不就是陪遠來的朋友聊天嘛。

原來前一天在網上聊天的時候，她有事要出門，就留了句，「明晚再聊」。

在我聽來，就是隨口說一句，並不算是真正約定了時間。結果她氣沖沖地把那個對話調出來給我看，又加了一句「Are you blind?」（你瞎了嗎？）

我這人從小浪蕩在外，朋友最大，向來也吃軟不吃硬，現在碰到這個硬度不下於我的不可理喻女人，那還真有得吵。所以我們在網上已經分手了幾次，但是一見面、一上床，就又好了。

有次也是分手了，女兒正好問到她，我就說兩人已經分手了，因為她太「Possessive」，我受不了。女兒回道，「她不是也有丈夫嗎？」說得也是啊。

由於她來看我三次，我決定禮尚往來去看她。但她沒讓我出錢買機票，「我累積了很多飛行點數，已經幫你訂好票了。」旅館，她也訂好了。

真是才貌兼具的女強人。但最後我沒去。

因為有天我收到友人寄來一段默片時代的色情影片。我覺得很有意思，那段影片除了沒有聲音、顏色黑白，還有幾乎可以聽到那種老古董放映機吱吱的轉動聲外，其他包括男女動作、招式，都跟現代色情片一樣，所以我就轉發給她。

我們上過床之後，我已經把她在我收件者的分類中改為「XXX」級。

結果那天也是一樣。我晚上回家一上網，她就跳進來一陣沒頭沒腦的指責，「為什麼要轉這種東西給我?!」

拜託，我不是第一次轉給她色情影片，大家不都是成年人甚至已經是老頭子、老太婆了嗎？

我跟她解釋，純粹是因為覺得好玩，才傳給她，如果她覺得不舒服，我以後不傳就是，「我會把妳從轉發名單裡刪除」。

這下好了。她立刻送來帶有怒氣的一行字，「你不只傳給我?!!」

「對呀。」

「還有誰?!!」

這太過分了。我也傳回怒氣沖沖的「It's none of your business!」

然後就炸開了。電腦屏幕上出現的是，「Fxxx You!!」

我也毫不猶豫地回了，「Fxxx You Too!!」

那次吵得很凶。我把電腦關了，她掛電話來，又吵。我把電話掛了，她又撥來，又吵。我說，「跟妳講話真的很累，我真的不想再講了。」掛了電話，她又撥來，「你掛我電話啊，你還是不是男人？」非要弄得兩敗俱傷才罷休？

我真的累了，就不再接電話，她一直撥，我就是不接，然後，她大概也累了，我才得安寧。

第二天，我給她發了一個訊息，「我受夠了，決定不去（看妳）了，妳最好把旅館、機票都取消。」然後我把她從臉書、Skype 裡都刪除了。

她大概感到這次真的不對勁了，撥電話來說，「有那麼嚴重嗎？」還故作輕鬆笑嘻嘻地道歉，「你還要氣多久啊？」我跟她說，「我根本不想生這種無意義的氣。」

親愛的，是的，我不要這種關係，我已經六十歲，生命裡的事情，也經歷得夠多了，我只想要一個安安靜靜的生活，我們人沒在一起，還都可以吵成這樣，而且是一而再、再而三，這種日子，這種情人，我不要!!

前後半年多一點點，只見了三次面，雖然是別人的老婆，但卻是這輩子我所交過，各方面條件都最好的女友，就這樣結束了。但我一點都不惋惜。

除了前述三位之外，實際上還有另兩位網路上結識的女人來過曼谷找我，最終都以一夜情告終。其實一個是半夜情。我們第一次上床因故沒做完，我就再也沒興趣了。

總計三年之間，交了五名網路情人，密度真的滿高，我不知道她們會不會暗地裡罵我「爛人」。我只知道，自己也滿倒楣，要罵，也只有由她們了。

〈把悲傷留給自己〉——陳昇

http://www.youtube.com/watch?v=HkB2C8_XKAw

左圖為曼谷印尼大使館外牆浮雕

關起豔照門

忘川

這年頭，似乎每隔一陣子，就會出現「豔照門」。

其實豔照門並不是準確的說法。因為這些流出的照片、光碟或是視頻，內容遠遠超過豔照，基本上就是男女性交的鏡頭。簡單地說，就是色情。只不過拍的時候，無論拍的人或被拍的人，應該都並沒把它當作是可以流出去的色情作品。

知名作家劉墉寫過一篇文章叫作〈你有沒有簽過投名狀？〉，其中把豔照也當作投名狀的一種。他寫道，「還有個最普遍、最不像投名狀的投名狀。是當你跟男朋友（或女朋友）打得火熱，甚至翻雲覆雨的時候，他舉起手機攝影。

他拍的不是你一個人，是兩個人，他也在裡面，加上你們說不定已經論及婚嫁。而且，多刺激啊！搞不好他回家把照片發過來給你，你還興奮呢！

問題是，如果有一天你們不好了，如果有一天他的手機或電腦掉了……怎麼辦？

他為什麼拍照？因為你們好！因為刺激！但會不會也因為他要你簽投名狀？

知道了這一點，無論你是男生還是女生，你能隨便拍攝親熱照嗎？切記！切記！如果你不記、你不忌，很可能中計，有一天成為豔照門的主角。」

劉墉提醒大家注意豔照門，當然是好事一樁。手機、電腦掉了或壞了送修，也確實有風險。

萬人迷的港星陳冠希就是因為電腦送修，結果被人把裡面他與眾多女星做愛的照片、視頻拷貝外流，造成轟動華人世界大新聞，使得他原先看好的星途受挫，避走加拿大，連我女兒都憤而把她養的狗 Edison（陳冠希英文名）的名字改了。

陳冠希算是倒楣。我相信他原先完全沒有公開那些東西的想法，純粹是尋求刺激，以及為他自己「輝煌戰績」留下私人紀錄，哪裡料到送修電腦會出這麼大件事。

拍這種東西，多是出於一種偷窺慾。這不稀奇，古已有之。最早的時候，什麼都沒有，就用畫的，是所謂的「春宮圖」。

後來有了鏡子，就可以真人實境了。台灣流行的情趣旅館，恐怕有不少都設有鏡房。我去過新加坡芽籠的一家妓院，房間的天花板上就裝有鏡子。

有回一位年紀稍長的朋友跟大家敘述他去芽籠的經驗，「我一面大戰，一面扭過頭來看天花板上的鏡子，真的滿刺激。」他還表演出動作，逗得一屋子的人大笑，女賓也笑得花枝亂顫。

我估計他說的可能不是我去過的那家。不過我沒他那麼累，想看的話，採女上男下不就得了。在天花板鏡裡，女人臀部的上方因為肌肉動作，會出現兩個凹下的肉窩，非常好看。背部肌肉及頭髮的流動，也很好看。然後，你當然也可以看到她的面部欲仙欲死表情，也許還滴下幾滴汗，讓你體會到「專注的女人最美」這句話。就這麼躺著看，多舒適，多全面啊。

然後有了錄音機，就又進了一層。

我有位長得十分英俊的高中同學，女朋友真是前仆後繼沒斷過，有段時間還交了一位美國女友。有回去他家打麻將，休息的時候他帶我進房間，拿出一個錄音機，結果是他所錄下和女友做愛的聲音，女友「Oh Yeah, Oh Yeah....」的叫床聲，配著錄音機因為動作而撞到床板「喀，喀」聲，真是刺激。

更受不了的是，一會兒之後繼續上桌，他的女友就坐在我旁邊看牌。這牌哪還能打？耳邊都是「Oh Yeah, Oh Yeah...」腦裡則在幻想跟她做愛，碰也不知碰，吃也不知吃，結果輸了一屁股。

我事後跟朋友說，「你這祕密武器厲害。」他樂得大笑。這，恐怕就是自拍、自錄最迷人的地方，因為主角「就在你身邊」，跟觀看黃色影片完全是兩個概念。

然後有了錄影機，這就聲、光、影齊全了。色情光碟鬧成新聞，讓人有個錯覺，以為這都是名人在幹的事。其實不然，這種設備幾乎人人買得起，也就是說人人都有能力拍。我就前後拍過七段。

我的色情自拍，用的是當年的ＶＨＳ機器。那個機器滿好，我用了至少十多年，一直到去年，才換了一台新的、小巧的數位機種。我還不太會用那個新的機器，只跟一位網路情人試用了一次，結果嗯嗯啊啊的聲音是有，但影像卻因為自動對焦不知對到哪裡去了，只有兩個模糊的人影在那邊翻雲覆雨。拍完之後就刪掉了。

自拍，其實也就是那麼回事，千遍一律，會的招式走一遍就是了。太陽底下沒什麼新鮮事。有次收到友人轉寄的默片時代黃色影片，除了黑白、無聲、化妝很卓別林外，裡面的招式、表情都跟現代一模一樣。

這種自拍，基本上都是為了刺激，但由於是自覺的，為求「表演精彩」，多少有些不自然，眼睛沒事還會望向鏡頭或調整姿勢。

譬如說我的一卷自拍，就是因為一位女友無意間看了我與前位女友的自拍，而要求也拍一卷。結果她表演的之賣力、之超過，顯然就是要與對方別苗頭。事後看片的時候，我說，「妳真的這麼爽啊？」她一直笑。

偷拍就不同了，男女主角不知被拍，就自然得多。

比較出名的偷拍，無過於當年曾任新竹市文化局長的璩美鳳遭密友郭玉玲在住處偷裝針孔攝影機，為當時璩之男友新竹市長蔡仁堅蒐證，結果果然拍到璩美鳳與已婚電腦工程師曾仲銘之間的性愛大戰。

這片性愛光碟後來被八卦雜誌《獨家報導》附於該刊出售，轟動全台。當時幾乎所有看過的人，無論男女，都對曾仲銘「能征善戰」、前後長達四十五分鐘的表現羨慕或垂涎不已。

不過爛人我之所以爛，不是沒理由的。我知道那是怎麼回事。我確信曾仲銘是嗑了威爾剛（Viagra）之後上陣的，因為據人轉述，他完事之後，小雞雞還昂首挺然長達數分鐘，甚至於在房間內走來走去，小雞雞都還保持與地面平行的勃起狀態。

這是嗑了威爾剛之後的標準反應，亦即雖然已經洩精，可是生理上還是無法退燒。我為什麼知道？因為我是威爾剛的堅強支持兼愛用者，我也常常拿威爾剛當禮物送人，有些人死撐著兼不屑地說，「我用不到這個。」死要這種面子，你真不知道自己 Miss 掉了什麼東西啊。

這讓我想起最近中國的「太子黨」高官薄熙來案件，說是他曾經與上百位名女人上過床，所以私下有人給他起了外號叫「勃起來」。薄熙來今年六十三歲，能這樣勃起來，恐怕也是威爾剛之功。

再者，曾仲銘之所以可以支撐四十五分鐘，在我看來，是他把前戲時間拉得很長，性交過程中又不斷在即將高潮時變換姿勢所致。這種斷電式性交，我，也是高手。

不信嗎？下回試試。

自拍有個有趣的地方，就是幾乎都是男人主拍。這很可能是男人那種虛榮的征服感在作祟，也可能是因為男人對機器操作比較有概念。但基本上，拍的時候，大體上都不會有將來要公開的想法。

公開的情形如果發生，絕大多數是兩人分手了，其中一方憤而公開藉以洩憤，這也以男方居多，原因也可能是這類影碟多半掌握在男人手中。

不過爛人我還是爛亦有道的。我認為那種為了洩憤而公開私密影像的人，真是下三爛，比我爛多了。

我的那些影帶，一直放在保險箱裡，從未示人。一直到陳冠希事件出來，引起我的思考，我想，就算我自己不會給人看，我已經這把年紀，萬一有天掛了，孩子整理遺物，必然會找到這些東西，然後往機器裡一放，那還得了？

愈想，冷汗就愈冒，就拿出那些帶子，全部抽出來，連剪代扯，徹底毀滅之後才丟入垃圾桶。

事後，我還頗懊惱，應該先看一遍再丟啊。

可是來不及了，我的豔照門就這樣關上了。

不過還有一線機會。

兩年前我在台北跟當時的女友上床，她用手提電腦拍了一段。由於電腦就放在床上，所以整個畫面像九二一大地震那樣晃動，只不過聲音不是那種震災呼天喊地而是叫床。

後來我們很快就分手了，也不好意思再問那段影片的下落。所以假如有天有我的豔照門問世，一定就是那個。

〈忘川〉——李建復

http://www.youtube.com/watch?v=VoLmlSMjgrY

INK PUBLISHING

文學叢書 340

爛人情歌

作　　者　梁東屏
攝　　影　梁東屏
總 編 輯　初安民
責任編輯　施淑清
美術編輯　黃昶憲　林麗華
校　　對　施淑清　梁東屏

發 行 人　張書銘
出　　版　INK 印刻文學生活雜誌出版有限公司
新北市中和區中正路800號13樓之3
電話：02-22281626
傳眞：02-22281598
e-mail：ink.book@msa.hinet.net
網　　址　舒讀網http：//www.sudu.cc

法律顧問　漢廷法律事務所
劉大正律師
總 代 理　成陽出版股份有限公司
電話：03-3589000（代表號）
傳眞：03-3556521
郵政劃撥　19000691　成陽出版股份有限公司
印　　刷　海王印刷事業股份有限公司

港澳總經銷　泛華發行代理有限公司
地　　址　香港筲箕灣東旺道3號星島新聞集團大廈3樓
電　　話　(852) 2798 2220
傳　　眞　(852) 2796 5471
網　　址　www.gccd.com.hk

出版日期　2012年11月　初版
ISBN　978-986-5933-43-2

定　價　260元

國家圖書館出版品預行編目資料

爛人情歌 / 梁東屏 著；
--初版, --新北市中和區：INK印刻文學，
2012. 11　面；　公分.（文學叢書；340）
ISBN　978-986-5933-43-2（平裝）
855　101020909